文昭皇后

THE EMPRESS WENZHAO

河南文艺出版社
·郑州·

图书在版编目(CIP)数据

文昭皇后 / 王梓雯著. 郑州:河南文艺出版社,
2024.6

ISBN 978-7-5559-1698-7

Ⅰ.①文… Ⅱ.①王… Ⅲ.①长篇历史小说–中国–当
代 Ⅳ.①I247.5

中国国家版本馆 CIP 数据核字(2024)第 103869 号

策划编辑	王淑贵
责任编辑	王淑贵
责任校对	梁 晓
装帧设计	吴 月

出版发行	河南文艺出版社	印 张	5.875
社 址	郑州市郑东新区祥盛街 27 号 C 座 5 楼	字 数	102 000
承印单位	河南瑞之光印刷股份有限公司	版 次	2024 年 6 月第 1 版
经销单位	新华书店	印 次	2024 年 6 月第 1 次印刷
开 本	787 毫米 × 1092 毫米 1/32	定 价	39.00 元

印厂地址 河南省武陟县产业集聚区东区(詹店镇)泰安路
邮政编码 454950 电话 0371-63956290

目录

序

这是一本高水平的历史小说。小说以三国时期充满战争、死亡、饥饿、痛苦的乱离之世为背景，讲述了德、才、貌俱全的奇女子甄氏悲剧的一生。小说以甄氏、李夫人和阿秀三人突破阶级身份禁锢，结成真挚的患难之交为主线，述及曹魏集团权力传承的斗争。《三国演义》故事家喻户晓，其主旨是歌颂"正统派"刘备而贬黜曹操、孙权的。小说《文昭皇后》突破这一陈腐观念，站在人民的立场，借甄氏之口说："春秋无义战，今世亦无义战，群雄成败兴亡，在呼吸之间，然又有何人，堪称为吊民伐罪，拯民于水火？又有何人，不视黎民如俎上之肉？生灵何辜，身处乱世，罹此劫难？"洞穿了三国史的本质。

小说较为成功之处至少有三。其一，成功塑造了甄氏这位具有仁爱、平等思想的古代女性的伟大形象，让读者真切体会到中国历史上以儒家"仁""义"、墨家"兼爱"为内核的人道主义、理想主义精神光芒的闪耀，及其对国人心灵的滋养。其二，小说深刻揭示了甄氏与曹丕感情变化并最终为其杀害的原因：表面上看，甄氏之死是曹丕宠姬郭女王争宠构陷所致，实质上则是甄氏与曹丕价值观念冲突不可调和的必然结果。其三，更难能可贵的是，与某些瞎编乱造的历史文艺作品迥然不同，小说中情节展开与人物塑造均有依有据、合情合理，举凡礼俗、称谓、服饰、器物、建筑莫不如此。同时还采用浅显文言作对白，以求反映三国时期人们的口语使用情况。小说即使有所虚构，也力求与历史情景相符。这些都是没有经历严格的史学基本功训练者难以做到的。

　　乍览之下，《文昭皇后》似应出自文学和史学素养双佳的学者型小说家之手。但让人惊讶的是，作者王梓雯竟然是一名中学生。不过，得知梓雯小朋友是著名历史学家王曾瑜先生的孙女，就不以为奇了。梓雯家学渊源，曾瑜多年来对她的悉心培养，本人略有所闻。这本历史小说的成功及其作者的成长，无疑与曾瑜先生的传授与指导关系不小。但曾瑜并非拔苗助长，称为择苗扶长，或许较为恰当。常言道："内因是根本，外因是条件。"关键在于梓雯自身。

王梓雯是棵好苗子，具有成为优秀文史学家的潜质与志趣。她十一岁小小年纪时，便有诗作问世，博得汉学家吴以义先生高度赞赏。足见她文学天赋之高，是个超常少年。上初中时，老师布置阅读《三国演义》，梓雯总是刨根究底，由文学而史学，进而研习《三国志》。梓雯年纪小、志向大，有才识、有理想。曾瑜先生有这么可爱的孙女，实属人生极大幸事。他作为祖父，于私于公均只能选择尽力扶孙女上马，助她登堂入室。

曾瑜先生对梓雯的培养，投入多，方法对，效果好。直到耄耋之年，他仍坚持为梓雯讲解历史，其所讲述也已结集成书，即将公开出版。此书与众不同，别具一格，选题精当，分门别类，相当系统，重在讲述作为历史学者必须具备又往往被忽略的基础性常识，文字简洁易懂。梓雯从中获益甚多，这也是《文昭皇后》成功的前提之一。应当如何引导少年儿童学历史打基础，曾瑜的书稿提供了十分有益的借鉴，梓雯的成功就是一个实例。

特别值得注意的是，曾瑜先生培养孙女不是复制自我，让她简单地继承衣钵。曾瑜以深研辽宋金史饮誉学界，但梓雯初试牛刀的这部小说，便在辽宋金史领域之外，且并非纯历史性著作。曾瑜指导梓雯阅读史籍，不是从浩繁的宋代史籍开始，而是从"前四史"、《资治通鉴》着手，注重从浅入深、由约到博，注重系统性。可见他期盼孙女超越自我，学问更厚实、更广博，更上一层楼。

梓雯志向大，曾瑜先生期望高。祝愿梓雯在未来的人生路上更加勤奋努力，不负祖父期望，实现自己的抱负。

张邦炜　邱志诚

2023 年 8 月

（张邦炜，宋史名家，四川师范大学资深教授。邱志诚，温州大学教授，宋史造诣甚深。）

自序

过去，我从没有想过，作为中学生的自己竟要写小说，更不要说写难度较大的历史小说。我的祖父，史学家、辽宋金史名家王曾瑜鼓励我，琼瑶就是在中学时发表小说，你为什么就不行？人生在世，应当敢想、敢闯、敢做、敢拼，有祖父辅导，他懂得历史，又有写作历史小说岳飞故事的经验，你为什么就不能写历史小说？

2018年下半年，小学六年级，十一岁时，老师要我们写诗，我写了一首《天净沙·游子》，祖父认为我在中华古文史方面有点天赋，就着意培养。他说研究中国史必须过三关，第一关是学会繁体字，第二关是通读《资治通鉴》和《史记》等"前四史"，第三关是通读先秦艰深的典籍。祖父说，他自己的境遇，是治史先天不足而后天失调，等年老了，才认识到原来还有第三关，却是过不好。

上中学后，由于中学生要读《三国演义》，从2020年暑假开始，祖父就带我读繁体版《资治通鉴》中的《汉献帝纪》《魏纪》和《三国志》。尽管古文和繁体字的双重"打击"，使得我阅读起来困难重重，但在我的不懈努力下，还是从最初只能一小时读不到一页慢慢进步到一小时九至十页。目前也不大可能再快太多了，因为有的生字要查字典，祖父还要配合史文做讲解。

我们读到《三国志》卷六《文昭甄皇后传》时，祖父指出，这是可以编写历史小说的题材。因古代避讳习俗，甄氏史书无名。只有十岁出头，就能想到要赈济饥困的亲族乡亲，很了不起。你要写她的悲剧，就要写她是一个了不起的古代人道主义者，这才能使小说有较高的思想境界，对今人有启迪和教育意义。

有关甄氏的史料很少，但我和祖父还是努力搜索。祖孙俩开始琢磨，如何将十分有限的史料消化、考证，融入小说，作为故事主干，写贴近史实的历史小说。小说的故事情节等主要是祖孙俩讨论，父母也在看稿时不断提出修改意见。祖父规定，凡是两人意见不同，一律采用我的意见。因为我是小说作者，当然取我的意见，由我写，他绝不强加。

祖父为我买了赵幼文先生的《曹植集校注》，说赵先生是他前辈同事，对《三国志》很下功夫，这是部好书。此外，为了解三国时的各种习俗、制度等，还教我参考《中国古代建筑史》、《魏晋南北朝社会生活史》、历史辞典、地图等，还有周锡保先生的《中国古代服饰史》。祖父特别指出，这是目前写中国古代服饰中最好的一部。

祖父说，写历史文学，当然允许虚构，但又忌讳脱离史实胡编。如玉米和白薯晚至明代，才由美洲传入中国。一部电视剧中，硬是叫两千多年前的赵飞燕爱吃白薯，并因此演绎出许多故事。此类不应有的笑料，希望孙女永以为戒。

祖父指出，三国时期，人们的对话，就是自《史记》以来的文言文，人们的口头和书面语言差别不大。你写对话，就是要使用类似《三国演义》的浅显文言文，这样才能贴近三国时期的真实，而此类对话，也会成为你小说语言的一大特色。他说，一是要努力学习

《三国演义》的对话，二是在对话中多使用古汉人"之、乎、者、也"之类的虚词，就会像古文。此外，目前的影视历史作品之类，如大人、老爷、小姐之类，完全是乱用古代称谓。其实，中国古代的称谓变化很大，历朝各有时代的称谓。他着手寻找，帮我解决小说对话中贴近三国时期的一些称谓。从此，我就慢慢地学写小说中的浅显文言对话。父母说，原先以为小说使用文言对话，人们会看不懂，真的写出稿来，还是不难看懂的。

由衷感谢汉学家吴以义先生，他自看了我初中时代一诗一文后，来信好评，并一直关爱我的成长。

由衷感谢河南文艺出版社王淑贵先生，她是位有很高文学修养和鉴识能力的阿姨，此次成了本书的第一个读者。她给予书稿以好评，还为书稿提出若干修改意见，做了文字上的修订。

由衷感谢张邦炜教授、邱志诚教授和傅亮教授。他们赐予书稿以序言和英译，以前辈的殷切关怀和文史修养，为拙作增光添彩。

由衷感谢刘宏先生，出大力促成拙作的出版。

我历经艰苦劳动，能出版处女作，当然是人生之快事和大事。但作为一个未入大学门槛的中学生，我深知自己的知识和能力十分浅薄和贫乏。"千里之行，始于足下"，我只走出了第一步。中华古代大诗人屈原在《离骚》中说："路曼曼其修远兮，吾将上下而求索。"祖父对我说："如果有朝一日，通读了《资治通鉴》和《史记》《汉书》《后汉书》《三国志》，你才算是两只脚都跨进了中华古文史学术殿堂的门槛；但离登堂入室，仍差距很大。"他还对我提出"亦文亦史，中西合璧"八字。我将为此作持久不懈的努力。

作为中学生的处女作，作品肯定会有不少缺点和问题。恳请学者和读者们，对拙作提出宝贵的批评意见，我必定会虚心听取。

王梓雯

写于 2023 年 10 月

一、独坐文昭阁

青龙三年（235）正月下旬，清晨。

晨曦初现，地平线已经悄然漫上了一层混浊的白光。天色淡蓝，交织着一种雾蒙蒙的灰，使得地上本就肃穆的青砖更显暗淡。冬日的寒风在一幢幢高大而又空旷的殿宇中呼啸而过，凄厉、阴森、压抑之感充斥着魏宫。

四只精壮的山羊分成两行，拉着一辆小巧玲珑的车架穿行在宫内的大小道路上。另有一个小黄门凭轼站立在前踏板上，熟练地驾驭四羊。宫中穿行，马车过快，牛车太迂，这种轻巧灵便的羊车倒是别出心裁，取名小辇车。小辇车没有顶盖，纯用轻木，全身绘黑漆，前、左、右各装木栏，前横木称辂，两侧称轓，两轓前部的扶手处刻两个龙头，作为皇帝专用标识。

魏明帝曹叡身着绵常服，跪坐于黄绢绵茵。他身材不高，长发小口，形似先帝曹丕，而仪容像母。

　　小辇车停在了文昭阁前，那是曹叡为纪念亡母文昭甄皇后而建的。文昭阁是一个二层楼上的四方形小阁，砖地上铺陈五种不同规格和花色的席，席上加铺黄绢绵茵。阁的东西，各有一大扇窗棂，其上糊着窗纸；正南有两扇门；正北挂着横匾，用隶书写"文昭阁"三字；其下设一个稍大的精美矮足几案，横放一个长条黑漆木匣，其中放置甄氏绢画像。几案前置一铜香炉，每逢曹叡入阁行礼，就要焚香。

　　曹叡令宫婢取出母亲的绢画像，绢画上下各缝一条细木黄漆轴，中间是甄氏齐胸半身像。最初八个画工均画身穿皇后命服的全身像，虽工笔细描、仪容端庄，但都未能展现甄氏的神韵，惹得曹叡龙颜大怒，大施淫威，竟残忍地将他们全部处死。最后一个画工挖空心思、反复斟酌，画了甄氏身着平日最爱的翠兰衣襦的半身写真，才勉强保住了性命。

　　画中的甄氏高髻浓密、广额修眉、鼻子隆直、樱桃小口，面部下颌呈美丽的半鸭蛋形，一头泼墨般的青丝做成灵蛇髻盘曲在头上。相传灵蛇髻是她受青蛇盘曲之姿启发所创，当时曾风靡于曹魏贵妇之中。但甄氏凭借着她的长发不断变换花式，竟冠绝一时，没有一个妇人能够与她比肩。

曹叡端详着画中美人，与母亲相聚最后半年的回忆再次涌上心头。

…………

黄初元年（220）腊月，除夕。

曹丕称帝后不久，便将邺城的魏王宫迁至洛阳，受宠的嫔妃及子嗣等都与曹丕同行，但甄氏与曹叡、曹琬兄妹却被留了下来。曹丕早在称帝前，就提前取消了为曹操服孝的规定，只有甄夫人和曹叡、曹琬随曹操的夫人、曹丕的生母卞氏一起服丧。他们在衣着华美的人群中显得朴素、淡雅，神圣而不可侵犯。

此时的甄氏已年逾四十，已有些许皱纹爬上眼角，与年轻时相比，并无衰败之感，却又更添几分风韵。她略显瘦弱的身躯在寒风的吹拂下微微战栗，但仍端庄持重、优雅自如，若空谷幽兰傲立风中，清冷之中透露着凄美。

曹丕有意不理睬甄氏和一双儿女，其他随行的嫔妃更是对失势的甄夫人冷眼相待，反倒是最受宠幸的郭贵嫔和善地与他们话别，说了许多保重的赠言。卞氏的眼中饱含不舍，似乎想要与喜爱的儿媳甄氏说些什么，但还是欲言又止，只是草草关心了孙子、孙女一番，便匆匆地离开了。

浩荡的车队驶出邺城的旧宫，纷乱的马蹄声和熙攘的人群带来好一阵喧嚣，随后留下的却是无尽的寂静与冷落，在除夕这样喜庆的日子里，显得尤为悲凉。

与甄夫人同样被留在邺城的，还有比她年长两岁的李夫人。李夫人最早许身曹丕，略有姿色，但因出身寒微，开始就只有妾的名分，又并无子女，为人谨厚小心、知节守礼、练达世故，对甄夫人十分敬重。不知是什么缘故，伺候甄、李两位夫人的宫婢和宦官全部被换，就连从小与甄夫人一起长大的贴身侍女阿秀也不见了踪影。

曹叡、曹琬兄妹与两位长辈会食，甄氏和李夫人对坐南北，他们兄妹对坐东西。案上的食品并不丰盛，只有少许羊肉、猪肉等。甄氏低头跪坐在案前席上，并没有吃下什么东西。她的面部无明显的表情，但眼中却再不复从前的流光溢彩，难掩的是落寞与失望。她从来都是礼数周全，所有的苦楚往肚里咽。

在此时的处境下，李夫人不知应以何种身份劝解甄氏。曹叡兄妹年方十六和十五岁，已是相当懂事，但真找不出什么话使母亲高兴，只感觉与往年热闹的除夕相比，十分乏味和扫兴。

旧宫的生活在枯寂中一天天延挨着。光阴荏苒，已是五月，甄氏和两个儿女早已换穿单麻布孝服。百无聊赖的甄氏突然心血来潮，给儿女初次讲述自己与袁绍二子袁熙婚姻的不幸，又取出在前夫袁熙驻节幽州后自己所作的《塘上行》给子女学习：

蒲生我池中，其叶何离离？

傍能行仁义，莫若妾自知。

众口铄黄金，使君生别离。

念君去我时，独愁常苦悲。

想见君颜色，感结伤心脾。

念君常苦悲，夜夜不能寐。

莫以豪贤故，弃捐素所爱。

莫以鱼肉贱，弃捐葱与薤。

莫以麻枲贱，弃捐菅与蒯。

出亦复苦愁，入亦复苦愁。

边地多悲风，树木何修修。

从军致独乐，延年寿千秋。

甄氏重温旧作，回忆自己当时复杂的心态，眼前浮起与袁熙相处的时光。当时她其实对袁熙已无好感和思念，但作为一个独守空房的少妇，又莫名产生了期盼丈夫浪子回头、改邪归正，与自己破镜重圆、重修于好的奇思怪想。

时隔多年重温旧作，甄氏感慨自己的痴心妄想，真是可笑而可怜。想到后来与曹丕情浓意蜜之时，她也曾给其看过这首诗稿。甄氏不禁感叹自己的命运，感叹战乱中女子的身不由己。回想一生，她从未有过选择的权利。美貌、才华、家世，给她带来的不过是一个又一个噩梦、一场又一场灾难，使她深陷泥沼，无法自拔。现在她只求与世无争、苟活人世。她狠心把这首旧作撕成四份，捏成一团，丢入墙角的竹篓里面。

转眼就是黄初二年（221）盛夏六月。一天，李夫人进屋，她努力克制感情，只是用平静的口吻说："官家圣旨，命我与皇子、皇女前往洛阳，行册封礼，即刻启程。"大家对此并非毫无思想准备，却仍惊愕不已。

甄氏愣了愣，但很快定了下神，吩咐宫婢为两个孩子备行装。临行之际，曹叡兄妹向慈母长跪。曹叡连连行顿首礼，弯腰，双手按席，用头不断叩席；曹琬另行女子肃拜礼，下跪后，弯腰，头不着席，只是用双手不断叩席。他们带着哭声说："恭请阿母善保安养，我等永不忘慈母大恩大德！"任由泪水泛滥，沾湿膝下的席。

一向谨小慎微的李夫人，终于按捺住心中汹涌的情感，沉默良久，简洁而又有力地说："皇命不可违，我等即时启程，甄夫人善自安处。我并无儿女，待皇子、皇女，当如己出。"

甄氏强忍着离别的痛苦，面带微笑，为两个孩子拭干眼泪，轻声在他们耳边说道："盛夏往矣即初秋，好事当如期而至矣！"说完向李夫人肃然一拜。李夫人只能拖着曹叡和曹琬兄妹出屋。这当然是兄妹俩永远不会忘却的一别，但二人当时都根本没有想到，从此就再也见不到慈母了。曹叡回忆到这最后一别，仍禁不住默默垂泪："阿母，终未见此初秋！"

一路上，李夫人私下反复叮咛兄妹二人，说："到洛阳宫，拜见官家，务须节哀有礼，不得言及汝母，一切恭依圣旨。"

他们来到洛阳北宫，一名宦官安排兄妹二人与李夫人同住。翌日，曹叡兄妹被带去拜见父亲。他们进入一个东偏殿，房间不算太大，正北挂着竖匾，用隶书写有"文治殿"三字，其下一个华丽的蟠龙屏风，屏风前是大床，称御床。当时没有垂足坐的椅子之类。床是坐卧两用，其实类似矮足长方桌，其上铺黄绵茵。曹丕独自身穿皇帝常服，面南跪坐于床上。郭贵嫔席地而坐于西，面朝东方。

兄妹二人进殿脱靴，穿白绫袜上席："臣叡远道而至，顿首敬拜官家！""臣女琬远道而至，肃拜官家！"曹丕吩咐："免礼，就座。"兄妹两人就在跪拜处席上就座。曹丕说："明日当于建始殿行册封大礼，叡封齐国公，琬封东乡公主。"兄妹两人再次躬身顿首和肃拜谢恩。

曹丕又严肃地说："须告知尔等，朕已下旨，罪妇甄氏处死。"此语如晴天霹雳，兄妹俩一时六神无主，竟不知如何应对，只是低声抽泣。曹丕的眼中飞快地闪过一丝哀伤，但接下来取而代之的是愠恼之色。

曹叡毕竟年岁稍大，他沉默一会儿，还是想出了应对之语："天子圣明，……"后一句"罪妇当诛"却卡在喉咙，无论如何不忍心说出口。

倒是郭贵嫔立即出面圆场，她说："天子圣明，伸张天威，甄氏罪有应得，此乃国典；皇子、皇女痛心母死，此乃孝道。两得其所。"曹丕听后，不悦之色稍解。兄妹俩以感激的目光望了一下郭贵嫔。

有宦官进入跪奏："永寿宫太后光临！"曹丕和郭贵嫔立即起身下床，迎接母亲卞氏。曹丕站着行揖礼，郭贵嫔行肃拜礼。曹叡兄妹也前往行礼。卞氏亲切地扶他们起立，两人忍不住扑到祖母怀里，放声大哭。曹丕皱了皱眉，也无可奈何。

曹操和卞氏都把一对兄妹视若掌上明珠，他们特别喜欢长新妇①，不喜欢郭贵嫔。卞氏此时心中骂道："此不孝不悌之逆子！先帝在世，佯为恭顺，如今肆无忌惮矣！可怜贤新妇命乖！然而他既执国柄，人死不能复生，尚需以保全彰、植二子为上，亦须与之委屈周旋。"她关注的中心，是使二子曹彰和三子曹植免遭毒手。

卞氏用衣袖为他们兄妹拭泪，吩咐说："下殿歇息！"曹叡兄妹如得大赦一般，向祖母、曹丕和郭贵嫔行礼谢恩。

但刚走出殿门，曹叡又立即回来，重新下跪行礼说："臣叡奏告官家，兄妹乞为罪母服孝，斩衰三年。明日大礼乞展期。"这个要求也不免使曹丕尴尬。郭贵嫔再次帮忙，说："皇子、皇女自当以孝行率天下。"卞氏也用同意的目光看着曹丕，曹丕不得不允准。

曹叡兄妹两人强忍哀痛，回到房中，又抱着李夫人大哭。李夫人也没料想到甄氏竟在不足十天之内便成冤鬼。但她毕竟娴习世故，相当克制，对曹叡兄妹再三劝慰，叮嘱说："好自将息，务须忍痛节哀！"

兄妹立即换上最重的斩衰孝服，头挽生麻髻。不料两人早睡，竟做起噩梦，哭喊"阿母"，醒了几回，李夫人也尽心劝慰，一夜三人都无法安眠。

---

① 汉代至清代期间，新妇是对儿媳妇的称呼。

此后曹叡兄妹都得了大病，卧席数月。曹丕鲜少前来问病，倒是卞太后常来看望，郭贵嫔也连着看望，情礼周全。李夫人精心伏侍，夜晚衣不解带。

她向曹丕提出，甄氏既死，阿秀伏侍过一对兄妹，请求将阿秀召到宫中与自己共同照顾二人，曹丕允准。阿秀就被召到洛阳，伏侍李夫人和一对兄妹。

转眼间到黄初三年（222），曹叡封平原王，就与李夫人分居。次年，曹琬下嫁，也离开皇宫。李夫人在曹叡登基的同年逝世。曹叡闻知"病笃"，赶去看望时，李夫人已经咽气，曹叡下旨厚葬。

阿秀无亲无故，愿留宫中。曹叡念她曾侍奉母亲和李夫人，就特赐"良人"位号，其地位相当于"千石"官，让她安养宫中，有一名宫婢伏侍。

卞太后被曹叡尊为太皇太后，却已缠绵沉疴，到太和四年（230）六月去世。

此后曹叡侈心愈来愈重，挖空心思设计各种享受。他嫌洛阳南宫残破，北宫拥挤，在太和四年八月，乘出巡东都之机，请郭太后移居许昌永安宫，称"永安宫太后"。

…………

曹叡正沉浸于思母的回忆，有宦官跪奏："良人阿秀病笃，有心腹事欲口奏，乞官家屈尊枉驾。"

心腹事？

曹叡听到"心腹事"三字，又抬头看看甄氏的绢画像，心中有所敏感，立刻前往阿秀的住处。

二、甄门女博士

良人阿秀的住处，是位于北宫东北角一间孤立的房屋，全用砖瓦，墙涂赭色，正南双开门，东西南有四面糊纸窗棂。宦官扶曹叡踏上一个石阶，脱靴着袜，就穿门进入屋内。房内陈设简单，砖地铺着二重席，正北立一屏风，屏风前一张大床，床上铺细白麻布绵褥。阿秀裹细白麻布绵被，睡在床里，特别为皇帝留着前床空间。

只见她形容枯槁，面色蜡黄，用微弱的声音，有气无力地说："婢子阿秀恭迎官家大驾，重疴缠身，不能跪迎，乞官家恕罪！"

曹叡安慰说："汝已至此，岂得言罪乎？"他看到阿秀嘴唇干枯，下旨取高档蜂蜜水，由伏侍的宫婢阿媄扶着阿秀饮用。蜜水果然起了功效，使垂死的阿秀稍振精神。

阿秀说："乞屏退左右，唯留阿媄。"阿媄说："婢子于黄初元年冬至二年，侍奉文昭太后与陛下于邺宫。"曹叡见到阿娤后本就感觉面熟，听此一言，便明白了阿秀单留阿娤的缘由，于是命宦官们退出屋外。

阿秀躺着说："文昭太后冤痛之事，何忍倾诉，又何忍不倾诉？阿秀十年之间不得时机与官家细言，而今命如悬丝，仅存一息矣！不吐不快……"

曹叡已经完全明白，就说："汝如今直言，无有讳忌，朕当静听。"为了听话方便，他立即上床，就在枕边跪坐倾听。

…………

光和五年（182）十二月丁酉，中山国内的名门望族无极甄门迎来了最小的女儿。此女年方两三岁时便已出落得广额修眉、明眸皓齿、杏脸桃腮、樱桃小口，一头乌发浓密秀丽，在几个孩子中显得最为聪慧可爱，人称堪比王嫱，故乳名阿嫱。在阿嫱之上，有夭亡的长兄甄豫，次兄甄俨和三兄甄尧，四个姐姐分别是甄姜、甄脱、甄道和甄荣。

阿嫱的聪慧，从小就有别于众。她早在三岁时，其实只有现在两岁，才刚学会说话和走路，不料父亲甄逸去世了。阿嫱哭得双眼红肿，不进饭食。甄母心疼小女儿，不得不把她抱在怀里，哄她进食，此种情况，竟持续约一个月。阿嫱完全依成人的规矩，行各种烦琐的丧礼，以寄托哀思。大家都称赞说，不料幼小的阿嫱，竟如此懂得孝道。

四岁时，阿嫱就主动提出要求，请兄长们教她识字和写字，且过目不忘。当时人们一般都是跪坐在几案前，她个头太小，只能长跪在几案前，挺直腰杆。认字和写字就相当累人，但阿嫱却能长时间地坚持学习。

从六岁开始，阿嫱就阅读甄家的藏书。当时虽然纸已发明很久了，但纸质还是不好，不能完全取代竹木简和绢帛。甄家的藏书有两间书房，本是专供甄逸、甄俨和甄尧使用的，小阿嫱却挤了进去。书房席上有书架，总计一百多部书，多半还是竹木简书，用皮绳或麻绳串成册，少数帛书和纸书，卷成卷，存放在书架上。帛书无非是在织成匹的绢帛上，连续抄写；纸书却需要好多张纸抄写，然后粘缀成卷。按汉字自右直行的书写和阅读习惯，看帛书和纸书，须自左不断开卷，右方不断卷卷，中间留若干行字，供人们连续阅读。看完一卷，还须反方向再卷一次。古书常用卷一、卷二之类，卷成了书的计量单位。如《史记》一百三十卷，就大体相当于需用一百三十个帛书或纸书卷。遇上好天气，必须定期把书搬到屋外晾晒，以防潮湿发霉。

以阿嫱的身高和体力，还取不了书架上的书，特别是高处的竹木简书，须请兄长或男奴女婢帮助。她总是对男奴女婢们很有礼貌地行揖礼和道谢。男奴女婢们反而不自在。

有一回，一个女婢说："阿嬙，汝是主，吾等贱为奴婢，岂得如此！"

阿嬙却张开樱桃小口回应："墨子曰兼爱，人岂得分贵贱！"

久而久之，男奴女婢们都对阿嬙很有好感，说她可亲可爱。

阿嬙就是在如此的读书环境中，成天徜徉在书房里，仿佛书房就是她的天地、她的乐趣、她的幸福。家人会食，必须去找她吃饭。男奴女婢们很快有一句口头禅："寻觅阿嬙，便去书房！"夜深了，书房里常亮着一盏油灯，凭借着它微弱的火苗，阿嬙还在孜孜不倦地读书。

有一回，甄母夜里来到书房，嫌灯光暗，特别为爱女买了一盏精致的铜灯，可以同时点六个火苗。

甄母曾问阿嬙："汝何以如此留恋书房，喜爱读书？"

阿嬙回答："唯有读书，方知天地万物之大，立身处世之道。"

八岁时，一天，外面传来热闹的锣鼓声，原来是站立骑马戏的。甄家人都登上阁楼，观看难得一见的表演，阿嬙却不去看。

四个姐姐感觉奇怪，她们看完表演，兴尽来到书房，只见小阿嬣安静地长跪在几前，津津有味地阅读简书。甄脱问："此戏非寻常可见，阿嬣何不一观？"

阿嬣却说："此岂女人之所观邪？"

甄姜说："汝长跪读书，双膝痛否？"

阿嬣说："初读书时，尚觉痛；今已五年，不觉痛也。"

她膝行转过身体，恭敬地向阿姐们行肃拜礼，一本正经地说："请阿姐各行其是，阿嬣须读书矣。"

四个姐姐哈哈大笑着离开了书房。

九岁时，阿嬣便遍读家中藏书。

舞文弄墨，自古以来不是女子该做的事情，阿嬣的四个姐姐全都目不识丁。古时女子的活儿，可称女红，从养蚕植麻，治茧缲丝，到纺织缝衣，极为辛苦而费力，完全可以占去女子终生的大半光阴。古人常说衣食住行，将衣列为首位，即使是富贵人家的女子，大半也是如此。阿嬣显得十分特别，尽管如此，但女红的整套工作，阿嬣也全部学会。

阿嬣尤喜读简书《论语》《墨子》，背诵如流，竟至麻绳编简三绝，婢女阿秀常为她续麻重编。她熟谙古籍经典，对书籍的热爱与思索的深度竟出二兄、三兄之上。

她的两个兄长发现，当初由他们教书识字的阿嬣，反而胜过自己，却又不服气。有一次，甄俨嘲笑她说："汝当习女工。用书为学，当作女博士邪？"

但阿嬗对读书的见解却是相当深刻，在当时看来，算是前卫，她答曰："闻古者贤女，未有不学前世成败，以为己诫。不知书，何由知之？"

从此以后，甄氏家人常称赞说："此乃吾家女博士，天生书痴也。"

阿嬗常对阿秀说："孔子曰仁，爱人也；墨子曰兼爱，爱人须不分贫富贵贱也。汝与我虽有主婢之分，平日自当以阿嬗、阿秀互称。"两人情同姐妹，阿秀粗通文墨，都是她尽心教习的结果。

阿秀谈到此处，干枯的眼睛又淌出了激动的泪水，深情地说："婢子无父无母，自幼唯知弯腰躬身，低眉拱手，任人叱咤。唯有自幼与文昭太后相处，方知有为人之乐也！"

身为九重之主的曹叡，听到此言，心中却反而产生几分不快："奴婢贱人，自当无为人之乐！"但到此地步，也不好说什么，只是略微皱了皱眉。

阿秀继续往下说。阿嬗十几岁时，汉室已日渐衰微。

灾荒连年，县中布衣纷纷当掉家中仅有的财物，以购买口粮。甄氏家人便趁机用充足的谷物，换取了大量金银。

阿嬛听闻后，说与母亲："今世乱，而多买宝物，匹夫无罪，怀璧为罪。又左右皆饥乏，不如以谷赈济亲族邻里，广施仁惠也。"因此，乡里之人拿到救济粮后，均以手加额，称："此甄门女博士救命粟！当感戴不忘！"

阿嬛十四岁时，二哥甄俨去世，甄母对待寡嫂季氏十分严厉。阿嬛对母亲说："兄不幸早终，嫂年少守节，顾留一子，以大义言之，待之当如妇，爱之宜如女。"母亲听后，十分感动，与寡嫂的关系逐渐亲善。阿嬛和季氏更是亲密无间，寝息坐起，常形影不离。众嫂子都十分称赞小姑的贤惠。

一天，时年十六的阿嬛和阿秀出外闲走，到一个村落，只见一处低矮的茅屋外，一个年轻女子抱着一个吃奶的孩子，在凄厉地哭泣。她们上前询问，原来年轻的丈夫被征发到外地服劳役，客死他乡。那女子说："贫妇已室内无斗粟矣！"

阿嬛听后，下意识地拔下头上母亲新赠的凤凰展翅金钗。满头浓密的乌发，立即垂地。

阿秀连忙拦阻，说："此为母夫人偏爱幼女之珍奇，汝姐、汝嫂皆啧啧羡慕不已，如何可轻易相赠？归家之后，可命男奴送粟到此，岂不是好？"

阿嫱听了她的话，重整发髻，对贫妇安慰一番。

两人回家后，阿嫱立即召来男奴，命他肩挑六汉石粟（约合二市石），随阿秀去那个贫妇家。

阿嫱回厅堂，向家人说明情况。甄母显得有点嗔怪，说："阿嫱如何可以新奇贵重之凤凰展翅金钗，轻赠素不相识之农妇？又家中之财，由吾做主，岂得不先禀告，自作主张送粟乎？"

阿嫱立即跪下，肃拜不已，说："阿母息怒，阿嫱敬受教矣！"

甄母素来疼爱幼女，又面露回嗔作喜之色，二嫂季氏乘机把小姑扶起。甄母又微笑着说："阿嫱何以愿以金钗赠此农妇，而无恋恋不舍之情？"

阿嫱说："忙乱之中，不及细思量，幸得阿秀劝阻矣。然而自古以来，圣贤常曰，为人当贵粟帛而轻金玉也。"

三嫂左氏拍手说："此语方显甄门女博士之心胸，吾等岂能相比？"

季氏感叹说："此乃甄门之福也！"

左氏笑着说："女大当婚，甄门之受福少，而夫婿之家受福多耳。不知哪个王孙，有此艳福？"

季氏也乘机调侃说："若得阿嫱为妇，自当厚爱，如捧璧擎珠耳！"

阿嬬羞得面皮红涨，逃出厅堂。厅堂里的人都哈哈大笑起来。

阿秀归来，对阿嬬说："此妇感泣曰：'叩谢甄门女博士之活命粟！'"

阿嬬只是淡淡地回应："为人处世，自当有难相助相救，何谢之有？"

对阿秀此段回顾，曹叡并不觉得完全陌生，甄氏在生前，也常对儿女们提起。这是她最值得怀恋的幸福时光。少女时代的勤奋书斋生活，无忧无虑，自由自在，充满了兼爱。她爱别人，别人也都爱她。

三、袁二王孙新妇

时光飞逝，阿嬛在母亲、兄长和甄氏家人的精心呵护下逐渐成长。可外面的世界却并不平静，混战一直在持续。

建安三年（198）至四年（199）时，占据大河以北的袁绍集中全力剿灭幽州的公孙瓒，曹操则消灭了袁术和吕布，在北方形成两强争雄的局面。随后袁绍又占据了河北冀、青、并、幽四州之地，一时声势胜过曹操。中山郡无极县属冀州，冀州是袁绍占据的腹心区，位于华北平原，属当时最重要的农业区。袁绍集中兵力攻打公孙瓒的易京城，一时不易得手，而军粮不足，还必须想尽办法，抢掠民间的余粮。建安三年秋，尽管无极县薄收，袁绍还是派遣军队前来抢粮。

十月，甄门来了位贵客，他是治中审配，袁绍属下谋士。甄家只剩三子孝廉甄尧接客。甄尧和审配自然是初会，两人在厅堂席上互行顿首大礼，然后跪坐交谈。

审配带来礼品，略作寒暄，就说明来意："袁使君闻知君门幼女美而贤，欲迎娶为二王孙新妇。"甄尧本人当然乐意接受这门亲事，但还是希望遵从母亲和阿嫱的意愿，便说："阿母在堂，恭请审治中稍候。"审配顿首，表示理解。

甄尧到后面屋中，正好阿嫱和甄母、二嫂季氏、三嫂左氏坐在席上说话。甄尧说明情况，甄母疼爱小女儿，望着她说："尔以为如何？"

阿嫱听到这个消息后，瞳孔微微放大。丈夫生而愿为之有室，女子生而愿为之有家。男婚女嫁，理之自然，阿嫱的几个姐姐全都相继出嫁，她自己也已满十七岁，并不算年少了。可权势滔天的袁家真的是理想的归宿吗？未曾谋面的袁熙又会是理想的夫婿吗？

她思索一番，还是得出了这样的结论："如今身逢乱世，汉室陵迟，群雄割据，生灵涂炭，天下倒悬，须以谨守门庭、苟全性命为上。春秋无义战，今世亦无义战，群雄成败兴亡，在呼吸之间，然又有何人，堪称为吊民伐罪，拯民于水火？又有何人，不视黎民如俎上之肉？生灵何辜，生处乱世，罹此劫难？外嫁割据之家，窃恐非我之福。"

经阿嫱一说，全家人，连本来多少有点亲事高攀兴致、想立即做出应答的甄尧，都对此事不置可否，同时也佩服阿嫱的见识。

季氏感慨说："唯我甄门女博士，方有此高论！然吾等身处乱世，身不由己也！"

甄尧想了一下，还是说："如今天下群雄，最强者非袁使君莫属，阿妹不须顾虑多端。阿妹以谨守门庭、苟全性命为上，亦为一说。然而冀州今处袁使君治下，若谢绝亲事，窃恐非家门之福。"

甄母问："尔知袁二王孙之为人否？"

甄尧说："未闻。唯知袁长王孙贤惠，三王孙俊美。"

阿嫱沉默了。她不知道自己的未来将会何去何从，但可以肯定的是袁家并非什么福地洞天，如果此时接受这门婚事，便再也没有回头路可走，只能任人摆布。可士族儿女的婚事不就是这样吗？为保家门荣耀，为保家人平安，婚姻大事从来都由不得自己。纵有千般不甘、万般无奈，她也别无选择。

她小声说："既不可绝，我愿拜见审治中。我暌离家门后，唯愿母兄不慕荣华富贵，安分守己，谨守门户，耕织度日。"说罢泪水便夺眶而出。

但她明白自己没有时间悲伤，猛地用衣袖擦干泪水，便随三哥出门。甄母和两位嫂子也都黯然落泪，却无法再说什么。

阿嬛到厅堂，脱鞋上席，向审配行肃拜礼。审配看到来者虽是十七岁小女子，却神色端庄，心中不由暗自喝彩："士族闺秀，果然名不虚传！"

甄尧与妹妹就审配席上对坐。稍作寒暄，阿嬛就话入正题："菲姿陋质，蒙袁使君父子垂顾，唯有谢恩而已。如今世道扰攘，小女之家，粗足衣食，已是万幸。又袁使君军费浩大，嫁聘之资，重金厚礼，非小女所愿。然我闻古今治国，以仁义为本。今年无极县秋成甚薄，闻得审治中率将士到此，征调军粮，百姓嗷嗷。唯忧断粮，而皆作饿殍，故或抗拒，兵民互有死伤，言之痛心疾首！审治中饱读经纶，知书达理，若得恩赐，免征军粮，造福一县，实为大恩大德。小女顿首，唯求赐莫大之恩！"说完，就特别在席上超越常礼，行顿首礼，叩拜三次，以表真诚恳切。她要在出嫁前为无极县的父老乡亲做最后一件好事。

这真是给审配出了个他完全想不到的难题。袁绍正亲率大军长期围攻公孙瓒的易京，审配特别从军前赶来，已到三日。袁军所谓征调军粮，无非是不按常规税制，而强抢百姓粮食。在这个兵荒马乱的特殊时期，除曹操在许地屯田以外，各路军队都是采用这种办法，只求保证军粮。

当时的百姓也习惯于收成之后纷纷掩藏粟麦，这是他们的活命粮。军队搜索粟麦，搜索不到便吊打百姓，有的人户藏粮全被军队搜去，无以维生，上吊自尽；有的人户干脆挺锄奋梃，与军队拼命，互有死伤……尽管如此，抢到的粟米还是少于计划数额很多，审配正为此发愁。

审配沉思多时，还是十分感动，作了答复："久闻甄门女博士大名，今日方知如此大贤大德，我身为男子，自命不凡，亦须敬服！我当今日收兵，明日北上，回袁使君军前复命。"

实际上，他也有一个估计，即使再纵兵多日，也不可能抢到多少粟米；而阿嫱提出"仁义为本"，说自己"饱读经纶，知书达理"，正论侃侃，自己又能做出什么继续抢夺粟米的像样强辩？

阿嫱说："审治中不愧为顶天立地之大丈夫，请受小女三拜，无极百姓自当不忘审治中之大恩大德。"说完，就在席上恭敬地行三个顿首礼。审配也回敬了三个顿首礼。

审配最后说："袁二王孙镇守邺城，当择日前来迎亲。"

阿嫱又对曰："如今战祸未绝，黎庶九死一生，切望轻车简从，家门薄财，尚可供顿，以免骚扰民间。"

审配更加感动，感叹说："甄门女博士仁爱，体恤生民艰难，不愧为天下之奇女子也！此乃袁、甄二氏之福！"

两人谈话，甄尧简直就插不上嘴，心中只是暗自称赞："有此阿妹，真乃甄门之瑚琏，我身为男子，自愧弗如！"告别时，审配破格再次在席上向甄氏兄妹行三个顿首礼，甄氏兄妹也同样回报。

十二月，按照双方约定，袁熙率一小队人马到无极县迎亲。他共率二十名骑兵，三十名步兵，四名十四岁、未行笄礼、只梳双丫髻的小婢，另加五辆马车。其中较大的一辆安车驾双马，装饰华丽，上设顶盖，四面都有绿绸帷帘，车厢铺红色绵茵褥，可坐可卧。

这支队伍来到甄门。当时已出现单脚马镫，这是汉人的古代重要发明，后来又演进为完善的双镫。袁熙和骑兵从马鞍上踏单镫翻身下马。

为迎接尊贵的女婿，甄母率领甄尧和四个女婿到大门外。袁熙身材适中偏高，仪表虽不及三弟袁尚，但也完全称得上相貌堂堂。到厅堂后，由五个男人陪伴女婿，甄母带四个小婢到后堂。那里有阿嫱和二嫂季氏、三嫂左氏，还有四个已出嫁的姐姐甄姜、甄脱、甄道和甄荣，正在坐席叙话。她们和丈夫特别来娘家，和幼妹告别。

阿嫱上身穿新做的绿罗绣花绵衣，下穿红罗绣花绵裳，脚着白绫袜，头梳高髻。大家当然为小妹祝贺，但阿嫱感觉与亲人离别在即，婚后的生活好坏未卜，只有依依不舍的惆怅。

翌日早上，阿嬛不免和甄母、两个嫂嫂、四个姐姐拥抱泪别，然后来到厅堂，初次拜见袁熙。袁熙见到阿嬛的仪容神采，自然十分高兴。阿嬛由阿秀陪着出家门，掀开帷帘，踏上安车。阿嬛和阿秀并排跪坐，各自掀开左右帷帘凝望车外。

阿嬛从小到大的活动空间，基本就限于本家院落，附近村野很少光顾，连无极县城都没有去过。她望着隆冬萧条的原野，极目都是泥墙草屋，甚至颓垣败壁，竟无一所砖瓦房。

突然，她看到在道路边，有好几十个男女老幼，只有个别人穿麻布绵服，其他人只是布夹衣，甚至单布衫，另外还有衣衫褴褛、鹑衣百结者，在寒冬朔风中打战，个个面黄肌瘦。但他们却跪在道边，以手加额为礼。有的还在冰冷的泥地上顿首，望见车队就高呼："恭祝甄门女博士万福！"

阿嬛到此才明白，原来附近的农民在为她出嫁送行和祝福，心里十分感动。她只能在车里向送行者拱手致谢，凝望故乡、向乡亲依依惜别。

迎亲队伍前行一段路，阿嬛放下帷帘，跪坐着抽泣。

阿秀不解地瞧着阿嬺。阿嬺说:"富室唯知金玉为宝贵,然而饥不得食,寒不能衣,天下唯有粟帛,乃宝中之宝,贵中之贵。虽蒙审治中恩德,暂止夺穷民之口中食,然而见送行乡亲之形状,真不知明年麦熟前,又有多少饿殍?转念及此,唯有落泪而已!战乱时节,甄门亦藏粮鲜薄,何能赒济?故为此垂泣。"说着,继续呜咽抽泣。

阿秀也十分感动,一时真不知说什么好。阿嬺说:"恨我只是弱女子,有其心,无其力。若能得粮千万石,接济天下饥民,虽死亦足矣!"阿秀紧捏阿嬺的手,激动地说:"阿嬺如此仁心,天下无双!"

袁熙的一行迎亲队伍途经柏乡县,就在县城馆驿憩息。晚上男女分食后,安排阿嬺与阿秀住进一间上等卧室,其实室内也只是铺席,上设枕和被褥。行程劳顿,阿嬺与阿秀很快入睡。

在幻梦中,阿嬺来到一片原野,这里长满了奇花异草,她十分惊讶,弯下腰,仔细观赏。突然前面出现两位老人,长着白而亮的发、须、眉,双目炯炯。他们作自我介绍:"我等乃孔丘、墨翟也。"

阿嬺连忙行肃拜礼,说:"甄门小女久知二圣哲之名,久读二圣哲之书,不图今日得见,曷胜仰慕之情!"

两位老人说："甄门女博士知书识理，兼爱天下穷困，我等备悉。我等生时为哲，身后则神。已奏告上帝，特赐中山一郡粟麦千万石，使之暖衣饱食。"

阿嬺又连忙行肃拜礼，而两位老人忽然不见踪影。她又恍惚坐安车来到无极故土，只见男女老少身穿麻布绵衣裳，个个满面红光，对她以手加额。甄母和两个嫂嫂、四个姐姐在门前迎接，笑着问道："女博士为何尚未行合卺之礼，却回归家门？"……

一阵急促的叩门声，把阿嬺和阿秀震醒。门外传来袁熙夹带醉意的声音："女博士从速开门，今夜兴浓，欲与汝同席共枕。"

阿秀听后不知所措，连忙从席上站立。

阿嬺此时已完全清醒，说："阿秀不得开门！"她对门外温和劝告说："袁二王孙，汝乃四世五公簪缨之家，谅知礼仪。夫妇，人之大伦，唯合卺之礼毕，方得同席共枕。"

袁熙理屈，但仍借酒使气，厉声说："汝须开门迎夫婿！"阿嬺略微慌了神，但仍佯装镇定地说："小女虽菲姿陋质，恕不从命！"

袁熙大发脾气，更是加大厉声，说："速与乃公开门！"

阿嬺真没想到，堂堂王孙竟使用"乃公"之类鄙词俚语。这是当时的流氓语言，即现代的"你老子"。她感到恐惧、屈辱，但更多的是愤怒。

见阿嬿不应答，袁熙用脚踹了三次门，阿秀慌忙爬过去用身体死死将门抵住，这才没被踢开。

袁熙扫兴之至，便拖着两个未成年的小女婢走了，说："今夜须汝等伏侍乃公！"阿嬿本以为两个小婢会哭喊拒绝，可万万没想到二人会选择听命顺从，甚至欢笑着离去。

听着门外传来的声响，她忽然感到一阵头晕，只觉得胸闷、恶心，但片刻过后又化为两行清泪。女子如蒲柳，弱柳附风，只有依傍男子才能生存。两个小婢如是，阿嬿亦如是，此时此刻她们在本质上并没有什么分别，这是每个女子都难以逃脱的枷锁与桎梏。

"吾命何薄？竟嫁此纨绔轻薄子，亦不知日后如何？"

她思念亲人，真想插翅飞回娘家，但又无可奈何。阿秀从旁解劝，她叫阿秀睡下，但自己一夜辗转反侧，就是不能入梦。

第二天早上，袁熙见阿嬿双眼红肿，却没有一句安慰的话，只是带着满脸不悦之色，率众人上路。

过了数日，袁熙的队伍终于进入邺城。队伍从东门，即建春门入城，穿行一条全城东西向的主干道，全是泥路。阿嬿从未到过城市，更何况如此大城。她和阿秀怀着好奇心，半掀左右帷帘，凝望大城市的风光。她们惊叹城垣的高大、城门的壮阔、大路的宽广。可大道两边有精致的砖瓦房，但更多的是泥墙破屋之类。城市虽大，却因战乱而伤痕累累。袁绍的冀州牧署在前朝南，而私人宅第在后，都位于北城正中。车马依正北道路北上，来到袁绍府第。

阿嬗所乘的安车被拉到后宅前停车。阿嬗下车，由小婢引领，前往拜见袁绍后妻刘氏。刘氏年过四十，衣着华丽，席地而坐。阿嬗上前端正地行肃拜礼。

刘氏把她扶起，将她全身上下仔细观赏，笑逐颜开。然后未来的婆媳在席上对坐，饮着蜜水，寒暄叙话。

刘氏说：“袁使君将易京军事，暂委付颜良、文丑二将，返邺城欢度岁除新春，不日即至，与尔等行合卺大礼。”

阿嬗行肃拜礼谢恩。刘氏又说：“知子者，莫如父母。次子显雍放荡不羁，正须贤新妇管教。若日后显雍有不轨之举，汝当规束更正。”显雍是袁熙的字。

阿嬗因为还没有举行婚礼，不能自称“新妇”，也不好向未来的“阿家”坦白在柏乡遭遇的不快。她尽量使用温婉的口吻说：“拙妇粗知诗书礼节，婚后自当克尽尊夫之妇道，窃恐无规束更正之能，有负刘夫人之厚望也。”

几天之后，袁绍与长子袁谭、三子袁尚、外甥高幹从军前回到邺城。建安三年除夕前，袁氏举行盛大婚宴。

在冀州牧署的正堂铺陈一张大席，称"筵"；另加三十六张小席，称"席"。袁绍、刘氏和三十二位男贵宾入席就座。此外，还在几间大屋分设筵席，男女分屋入席。所有入席者就跪坐在小席上进食。在战乱时期还有如此盛宴，已是足够大的气派。

最有标志性的当然是合卺礼。袁绍夫妇面南正坐，其南有新婚夫妇分坐的两个小席。先是袁熙穿绿绫绵婚服进入，先拜父母，再跪坐在西面的小席，脸朝东；接着是阿嬛披戴华丽的红罗绵婚服进入，拜阿翁和阿家，跪坐在东面的小席，脸朝西。两个小席之间放一张小案，夫妇须在小案上共食，这是所谓"合卺夫妇同俎而异席，同者情之亲，异者位之辨"。两个女婢奉上陶制合卺匏爵，形似半个匏，即半个葫芦，也称瓢。当时，即使出现瓷器，也是相当原始和粗糙，所以社会上层也是使用精致的陶器。由袁绍夫妇分别注入黏小米酿成的甜酒，两个女婢又分别递给新婚夫妇，夫妇各执瓢柄，碰瓢对饮，就算正式成了夫妻。

她的命运从此被改写，"阿嬛"这个小名也从此在史书中隐去，仅成冰冷的"甄氏"。

行合卺礼后，袁熙在前、甄氏随后进入新房，房里主要设一短足大床，现在看来就是一个大的长方茶几，上铺鲜丽新洁的衾褥。袁熙掩上房门，就开始如饥似渴地发泄他郁积已久的性欲。

少女初婚前，总有许多对新婚之夜的甜蜜憧憬。甄氏也不例外。尽管她已对袁熙的粗俗有所领略，但袁熙暴虐性的折磨和蹂躏，是她事前完全没有预料到的。不管甄氏如何叫喊、哭泣和哀求，袁熙只是恣情纵意地发泄，发泄完就呼呼入睡。甄氏只是蜷缩在床上，不断抽泣。

本该甜蜜的新婚之夜竟成了她有生以来最痛苦的一夜。她品尝着从来没有过的那种痛彻心扉、肝肠寸断。她想到了无极县的亲人，恨不能抱住母亲大哭。但是亲人已经远在天边，即使就在身边，凭她家只是一个无权无势的大户，又怎么能救助她呢？

天亮了，袁熙仍是鼾声大作，甄氏决定起床稍作整理，打开房门出来又将其轻轻掩上。阿秀已在门外守了一夜，她听到了屋里甄氏的悲惨喊声和哭声，却无可奈何。

甄氏看到阿秀，便将她抱住，在她怀中悲泣。阿秀只得一面抚摩她的浓发，一面劝慰。甄氏抽泣而愤怒地说："我欲拜见阿家！"

阿秀说："汝须先进用早膳。"就扶她到小厅，为她端来一陶碗小米粥、一陶碟蔬菜。

甄氏一点也吃不下，说："我难以进食！"

阿秀说："阿嬐，保重为上，汝须强进饮食。"在阿秀的解劝下，甄氏还是把小米粥喝完。

甄氏来到刘氏卧室。她不知道的是，刘氏也一夜未曾安睡。昨夜袁绍在婚礼宴后就到一个美姜房内住宿，刘氏对此已经习以为常，尽管心怀强烈怨恨，却从不敢有丝毫表露。她是后妻，前妻杜氏生下嫡长子袁谭，袁熙和袁尚都由她所生。袁谭和袁尚都有继承父位的欲望，袁绍的谋士们早已为拥护袁谭或袁尚而分成两派，分别对袁绍做说服工作。然而前一派的理由显然更加名正言顺，理应嫡长子继位。刘氏为了争取袁尚的继承权煞费苦心，她只能尽力讨好丈夫，不敢有什么怨言。

甄氏进屋肃拜。刘氏见她红肿的双目，已经猜透了十分，心里骂道："如此逆子！天下少有之贤美新妇，如花似玉，不知爱如捧璧擎珠，竟恣意糟践！"她马上吩咐侍婢退出。

甄氏跪地，泪水直流，她一言不发，只是解开上衣。刘氏只见她莹白娇嫩的皮肤上，竟有二十多处被乱拧重咬的红肿青紫伤痕，骂道："竖子！禽兽不如！"然后对新妇说了不少劝慰的温言。

刘氏知道自己对顽劣的儿子固然也有几分约束力，但袁熙最怕的是父亲。等早膳过后，她便把情况告诉袁绍。袁绍这回真是生气了，将袁熙又骂又打，还不解气，竟举木梃，叫儿子下跪打屁股。

刘氏到此又心疼儿子了。她向甄氏使个眼色，婆媳上前一同劝解。袁绍最后严厉警告说："汝若再凌辱无礼，吾当将新妇送归无极也！"

袁熙只能向甄氏连连顿首赔罪。甄氏也礼貌性地肃拜，说："贱妇别无他求，唯求夫妇琴瑟和谐，自当遵行妇道。"一场家庭风波暂时平息。

建安四年（199）正月，袁绍率袁谭、袁尚和高干返回易京前沿。三月，袁军攻破易京，公孙瓒自焚，袁绍从此占据幽州。袁绍按自己的盘算，先命长子袁谭出任青州刺史，外甥高干出任并州刺史，攻占幽州后，就命最看不上的袁熙出任较偏远的幽州刺史，而让喜爱的三子袁尚出任腹心地区的冀州刺史。

袁绍已有立袁尚为世子的意向，但从不公开确定。从军事部署说，冀州在中心，青州在东，并州在西，都算是隔河与曹操对峙的前沿。唯有幽州在后方，就让没什么军事才干的袁熙管辖。

袁绍走后，袁熙放浪本性不改，又另娶田、杜两妾。喜新厌旧的他，本就不喜欢甄氏的端庄凝重，而喜欢两妾的妖娆献媚，因此在甄氏的房间夜宿愈来愈少。

甄氏遵从古代一夫多妻的妇道，并不说三道四，相反，对两妾温和礼貌。两妾虽有凌犯正妻之心，一时也无从发作，彼此倒也相安无事。

时间很快到了三月。一天，小婢阿茹给袁熙端水，一不小心溅到了袁熙的手。袁熙大怒，将阿茹一脚踢翻在席，乱踢乱打。

甄氏和两妾都在场。甄氏立即出面委婉劝解，袁熙不但不听劝，反而对甄氏发怒说："汝欲劝解，我便将此女杖死也！"

甄氏还是尽量用委婉的口气说："恭请夫君暂息雷霆之怒。为人处世，须以仁恕为本也。"袁熙冷笑说："臧获①甚贱，类同畜产也！"

甄氏知道袁熙不会善罢甘休，继续说："孔子曰仁，爱人也；墨子曰兼爱，爱人须不分贫富贵贱也。夫君读圣贤书，须知圣贤之道，仁恕为上。"

袁熙无言以对，但又不想在妻妾面前失了丈夫的威严，

———————

① 古代"骂奴曰臧，骂婢曰获"，此词来源于战俘奴婢。

于是变本加厉。他抓过一根木梃，朝阿茹当头狠打，阿茹立即头破血流，死于非命。

甄氏早已清楚袁熙的为人，也知道触怒袁熙会有何后果，可是眼睁睁地看着一条人命死在自己面前，却又无力挽救，实在是她所不能忍受的。她十分哀痛，也怒不可遏，高声责问说："汝岂非不仁不恕之甚！"

袁熙自知理亏，但哪里忍受得了甄氏对自己的顶撞？他抬起手，狠命朝甄氏脸部掴上一掌。甄氏立刻被打翻在地，白皙的皮肤上出现发红的手印，美丽的脸庞肿胀起来。这分明是莫大的侮辱。她先是惊讶、错愕，随后黄豆般大小的泪珠涌出眼眶。她仰起头，对袁熙怒目相视，转身想走出房门，可袁熙一把掐住她的脖子，将她的身体拍在墙上，根本不容她走。甄氏急促地喘着气，挣扎着想要摆脱束缚，可袁熙强有力的手却越来越紧。

阿秀见势不妙，打算溜出房去，报告刘氏。袁熙眼珠一转，大喝："贱婢子！汝欲何往？与我下跪！"阿秀只能跪在地上。

袁熙再次将甄氏摔在地上，吩咐田、杜两妾抓住甄氏双手，自己取来麻绳团，强行塞进甄氏的嘴，又取来麻绳，吩咐两妾将甄氏绑在柱上。

田氏比较聪明，当即向杜氏使个眼色，两人齐声说：

"妾等所为，已是逾分，万万不敢！"袁熙此时已火冒三丈，咆哮道："尔等敢违我命！"于是两妾一面口称："乞夫人宽恕！"一面就把甄氏绑在柱上。甄氏此时只能呜咽流泪，仍怒目相视，却出声不得。

袁熙举两条木梃，教两妾痛打甄氏。此回两妾只能下跪，连声说："妻尊妾卑，妾等不敢！"

袁熙几近癫狂，夺过木梃，厉声对甄氏说："汝诉阿翁、阿母，我遭责打，此仇不可不报！"举起木梃。

这时门外传来刘氏的大声呼喝："竖子！不得无理！"她听到声响，赶忙进入房内，看到甄氏与尚在血泊中的阿茹尸身，便已明白大半。袁熙只得丢去木梃。

刘氏喝道："速与新妇解缚，收拾婢子之尸！"田、杜两妾连忙上前，与甄氏解绑，跪在她面前，连声告罪。

甄氏不理她们，只是用手抠出嘴里的麻绳团，一声不响，上前抱住刘氏大哭。刘氏问明情由，喝道："竖子，速与新妇下跪谢过！"袁熙只得向甄氏下跪。

此时，门外传来家奴声音："三王孙归自易京，有事宜禀告夫人与二王孙。"算是给袁熙解困。

刘氏赶紧安慰甄氏一句："新妇且回房将息，我自当护持汝。"又叫起袁熙，共同出房，前往厅堂。进入厅堂，袁尚拜见母兄，三人席地坐下。

袁尚说："阿翁使君用兵如神，已破易京，公孙授首。命我归邺镇守。二兄从速整治行装，北任幽州刺史。"

袁熙听后十分高兴。他总认为自己在邺城受父母管束，十分不自在。到了幽州，就可以为所欲为了。

刘氏问袁熙："汝北上幽州，新妇如何？若欲施暴，又当如何？"

袁熙说："夫妇不谐，而父母宠信新妇，不如休此甄氏，发归无极县。"

袁尚听了，心中窃喜，想："如此美女，弃若敝屣，岂非愚陋之至！无极乃吾治下，汝若休此妇，我自可迎娶。"袁尚向来看不起这个同母胞兄，认为他不过是个无才的鄙夫，只是不作声。

刘氏虽喜欢新妇，到底还是溺爱自己的儿子，便说："若将甄氏遣归，汝父必是责罪。且将新妇暂留。若汝他日追悔，痛改前非，尚可重续旧爱。"

说了一阵，袁熙就离开母弟，去准备出行了。刘氏等他走开，又告诫三子说："汝二嫂在邺，汝不得起贪色之心，行非礼之举。"

袁尚连忙唯唯诺诺地答应。他目前主要是觊觎父亲的世子位置，而袁绍命他为冀州刺史，已是初步显露此意。若想挤去嫡长子袁谭合礼的地位，必得讨父母欢喜，切不能因小失大。

至此，袁熙和甄氏实际上相处还不足三个月。三天之后，袁熙带着全部姬妾上路，只把甄氏撇在邺城。

刘氏事先把自己的意思对甄氏说明，但不提袁熙拟休妻的说法。甄氏当然也对阿家有一番感激之情。

建安五年（200）春，北方两强袁绍和曹操开始决战。曹方勇将关羽飞马刺袁方颜良于白马①，曹操又设计乱刀斩杀袁绍大将文丑。九月、十月，兵势虽强的袁绍矜愎自高，犯了一系列军事部署和指挥失误，在官渡之战中一败涂地，但仍占据河北四州之地。

建安七年（202）五月，袁绍发病呕血而死。袁谭、袁熙，甚至外甥高幹都理应赴邺城奔丧，但逢纪和审配伪造袁绍遗命，使袁尚继嗣，又使袁谭不服，双方起了纷争。最后只有刘氏和袁尚率邺城的家人举行葬礼并服丧，用生麻丝挽发髻。刘氏、袁尚两人按礼仪服斩衰，粗麻布服，不缉边；甄氏等服齐衰，但穿缉边的粗麻布服。

甄氏在这个战乱时期仍然衣食无忧，心情却相当愁闷。刘氏看定她是个贤新妇，待她很和善。但她除应有的礼貌

① 白马属今河南滑县。

外，对刘氏并不真正亲近。

甄氏不时思念远在无极的亲人，却无法会面、通问；独守空房则更不是滋味。在极端无聊寂寞中，她春情冲动，写下了前述《塘上行》。甄氏仔细回味与袁熙的相处，感觉还不是百分之百的苦味。袁熙在受袁绍责打后，有一个较短的时期，对她较为温柔。她下意识地写了"众口铄黄金"之类诗句，等写完后，自己也感觉莫名其妙。其实还是源于能否与袁熙重归于好的幻想和希冀。但另一方面，无情的现实，是袁熙对甄氏并无丝毫的怀念，弃之若敝屣，只是拥抱新欢而已。

袁绍的战败和身亡，也使她十分忧心战局，对袁门的破败有一种愈来愈深的恐惧感。生逢乱世，身为弱不禁风的女子和被丈夫抛弃的妻子，她的未来该何去何从？如果袁氏真成了第二个公孙瓒，自己又何处可逃？有时，她感觉袁氏的大宅就如一个镀金的大牢笼，把自己囚禁起来，没有自由，无法选择。她仰望每天掠过袁宅上空的飞鸟，感叹鸟儿尚可自由翱翔，而自己却像凋落的花瓣，只能随风飘零。

袁绍死后没几天，甄氏和阿秀在百无聊赖之中，漫步于袁氏大第，忽然听到厅堂中有声响。阿秀沿着门缝看去，刘氏正跪坐在袁绍生前常坐的床上,似乎漫不经心,却又掷地有声地说:"烈女殉夫,尔等既是使君生前宠爱,岂能不为使君殉葬?"

袁绍的五个爱妾张氏、种氏、罗氏、李氏和崔氏完全措手不及,只是跪在地上不断顿首,连声呼叫:"妾等不知何处得罪了夫人,乞夫人恕妾等一命也!"

李氏辩解说:"罪妾只是伏侍使君,自来小心谨慎;而侍奉夫人,亦恭恪尽敬,自问并无一毫过咎。"

刘氏大喝:"尔等多年来献媚争宠,岂非过咎!吾隐忍多年,终有今日!"

罗氏仰天凄厉地大喊说:"贱妾命乖,自恨不能貌如嫫母、无盐,便无此过咎!"

崔氏悲泣说:"贱妾亦出身名门,不幸遭乱,辗转流离,蒙袁使君垂顾。如今亦只得蒙夫人恩赐,身后追随袁使君矣!"

刘氏不愿再听她们说话,吩咐说:"速将此等贱妇髡头墨面,先毁其形,然后杖杀,且看此等贱妇如何会使君于地下!"

张氏哀求说:"乞夫人暂缓一死,容妾等与家人诀别。"不料此话正提醒了刘氏,她厉声吩咐站立床头的袁尚:"速将五贱妇之家人悉与处死!"

到此关头，站立门外的甄氏实在听不下去，就一面走入厅堂，一面喊道："且慢！"她跪在刘氏面前，顿首说："乞阿家暂息雷霆之怒！新妇与此五妇，并无瓜葛恩怨。唯乞阿家念孔墨仁恕兼爱之道，人命关天，开天盖地覆之恩，遣此五妇归家，亦乃大德盛誉积福之举，岂不美哉！"五个爱妾同甄氏素来没有什么交往，此时都向她投以感激的目光。

不料刘氏听后大怒，说："汝须知为新妇之道，此事岂容汝置喙！"

她向女婢们呼喝："将此不孝新妇逐出堂外！"阿秀见情势不妙，赶紧将甄氏搀起，连拉带拖，逃出厅堂。甄氏在门外大声哭喊，连连顿首，可刘氏完全不理。

厅堂上，男奴女婢们遵照刘氏的命令，把袁绍的五爱妾髡头，用刀在脸上乱划，以墨涂面，五妾惨叫之声不绝，直到完全咽气。袁尚带军兵到五女子娘家，不作任何说明，杀害了她们的全部家人。

甄氏别无他法，只能任由阿秀将自己拖回到房中。她茶饭不思，夜不能寐。"五爱妾何辜？竟遭此荼毒！五家灭门，何其忍心乎？"

不料翌日早晨，刘氏突然进屋，和颜悦色、言语亲切，好像昨天完全没有发生过这件不快之事，又使甄氏和阿秀莫名其妙。

原来昨夜刘氏做了噩梦，梦见五爱妾容貌如旧、衣着光鲜，跪在袁绍面前，有泪如洗，口喊："妾等无辜，遭此惨毒，祸及家人，请明府申冤！"袁绍大怒，喝道："将此恶妇髡头墨面，先毁其形，然后杖杀！"于是刘氏也被男奴女婢们髡头，用刀在脸上乱划，以墨涂面、当场乱打，痛极醒来，竟出了一身冷汗。刘氏愈想愈害怕，就想起昨天对新妇太无礼，如果听了新妇的话……但刘氏作为阿家，不愿向新妇道歉。

刘氏意想不到的是，同样的噩梦，她竟连做了四天。到了第五天，她眼下青黑，眼带红丝，特别找来甄氏，并且破格向新妇道歉了："贤新妇，我恨不当时听从汝之诤言，如今后悔莫及。"她把接连做的噩梦如实叙述，最后带着请教，问道："尔以为当如何？"

甄氏听后，心中也十分烦乱，百感交集。她沉思多时，才对阿家建议说："阿家可否行禳袚之祭，以祛灾殃？"

刘氏忙问："如何为之？"

甄氏说："阿家可至灵堂，焚香祈告阿翁之灵，深自悔过。亦可为逝者修坟，阿家亲临祭奠，表至诚之心。"

刘氏说："即从汝议也。"刘氏做了一系列禳袚消灾的活动，果然夜里不做噩梦了，此后对甄氏益加亲热。

但刘氏的狭隘善妒和残忍暴戾，使甄氏震惊、忧惧，她对阿家好感全无，但又不得不虚与委蛇。嫁入袁家后的种种经历与见闻，在甄氏的心中留下了极深的、痛苦的裂痕，再也无法弥合。

袁绍虽死，留下的军事实力，其实仍不容小觑。名为四州之地，其实兵力强者无非是袁尚和袁谭两支，并州的高幹兵力不多，而幽州的袁熙更是无足轻重。建安八年（203），袁尚和袁谭兄弟阋墙，大打出手。曹操正好坐收渔利。

建安九年（204），曹操趁袁尚率军攻袁谭之机，引淇水入白沟，以通粮运。二月，曹军开始包围邺城。此时，袁尚所命守城的主将，正是奋武将军审配。在宋以前，文武官的区分并不严格，即使宋以后，武官中也是有军人和非军人。所以袁尚随便授一个将军号给文士审配，正是当时的惯例。双方进行激烈的攻守战，但审配守城有方，曹军一时无法破城，却包围邺城，周回达四十汉里。

城中粮食奇缺，"易子而食，析骸而爨"的悲剧随处可见，惨不忍睹。袁氏府第中还有刘氏、甄氏和袁尚的妻妾五人、一个幼子、一个幼女。他们的处境自然比城里的百姓好多了，但也只能一日两餐，喝小米薄粥，不可能再有荤素菜肴。甄氏房中的床，也只能拆去当柴烧。大家忧心如焚。甄氏仁心，看到和听到城里的各种可怖悲惨的消息，有时真痛不欲生。

她常与阿秀私下交谈，经常哀叹："城中生灵涂炭，如今世上并无义战，为保全生灵，不如出降。然审将军甚刚，决意死守，我等亦不知如何？唯是听天由命矣！"

有一次，她竟对阿秀捶胸顿足，大哭起来："吾恨不能糜身粉骨，以救一城生灵。然有此心，有此志，而无其能，无其力，真乃生不如死矣！"阿秀也只能抱住甄氏，劝说一番。

七月，袁尚率军回救，先命主簿李孚入城报信，李孚居然使用各种计谋，驰马到达邺城正南的中阳门，也称章门。守军用绳把李孚拉上城墙。李孚为出城回报，建议放出城里几千名老弱，从南城的三门，即凤阳门、中阳门和广阳门出城就食，他乘机混出城去。

此事给了甄氏启发，她就找刘氏，说了自己的想法。刘氏根本没有主意，说："但请审将军来。"

此时袁绍原来的厅堂，自然成了审配的办公场所。审配闻召，来到后院大房。双方行礼毕，席地坐下。刘氏居中面南，审配和甄氏分别坐东和坐西。已是六年未见的审配和甄氏，互相审视。审配看到甄氏，已成标准少妇，没有当年少女的半点稚气。两人都比当年显瘦，特别是审配，更是瘦成了皮包骨，但双目仍炯炯有神。

彼此寒暄过后，刘氏和甄氏向审配略微问了点战况，甄氏的话进入正题："两军交战，最可怜者，乃城中黎庶，饿殍横街，家家哀哭，秽气充盈，灾疠流行，人不堪命。近日李主簿出城，散放老弱数千出城就食，亦为一线生路。将军何不将城中老弱妇孺悉数放散，以保全生灵？此亦将军之大德也！"

审配叹息说："久知甄夫人慈悲心肠，然夫人只知其一，不知其二。上回简选出城之老弱，皆无城中家室之累。如今城中男子坚守，其家老弱妇孺放散出城，妇女必遭曹军凌辱，守城者何得有斗志？"

甄氏无言以对。刘氏问："如今曹军势大，显甫率军回救，不知如何？"显甫是袁尚的字。

审配说："唯是听天由命耳！"他停顿一下，又慷慨地说："烈士不事二主，烈女不从二夫。吾二子皆为曹军所获，然吾誓不降曹，万一有不可讳，唯有一死矣！"说完此语，就话到嘴边留半句，望着两个妇人，等着她们表态。

甄氏对袁氏其实已无一丝好感和留恋，当然不愿为袁氏殉命。她望着刘氏，刘氏也默不出声。审配只能礼貌性地起身告退，留下一声长叹。

袁尚援军到达，举火为号，审配出兵邺城北，仍被曹军分别击破，袁尚逃遁。曹军就在城下高举袁尚的印绶、节钺和衣物，进行劝降。审配侄、东门校尉审荣在绝望之中，于八月夜开建春门出降，曹军突入。审配拒战被擒，意气壮烈，不屈而死。邺城从此就成了曹操的行政中心，尽管汉献帝的都城还是暂驻许都。袁氏的彻底败亡，已成定局。

四、曹子桓正妻

曹军破城的消息传来，袁尚的妻妾儿女却另外躲藏。万般无奈的甄氏，只能带着阿秀去找刘氏。刘氏心中早有打算，但不说什么，只能与她席地坐待噩运降临。

一队曹军执兵刃突入，为首的正是曹操长子曹丕，字子桓。只见他身材较矮、容貌稍陋。甄氏吓得躲在刘氏背后。曹丕指着刘氏说："汝乃何人？"刘氏连忙下跪顿首，用哀求的声调说："罪妇乃袁绍妻刘氏也，乞将军存罪妇一命！"

曹丕并不理她，他注意的正是后面的甄氏，甄氏头上的戴孝粗麻布髻已掉落，身上还穿着齐衰麻布服，满头浓密长发披散，遮住她的面部。长发正是美人甄氏闻名四方的标志。

曹丕上前，用手拨开长发，露出甄氏面部，就高兴而温和地问："汝即袁熙妻否？"甄氏只好照实回答："即是罪妇甄氏。"曹丕连忙抓住甄氏的玉手，呼旁边的女婢说："在前引路，往甄氏卧室也！"阿秀此时完全有了思想准备，应声说："婢子愿往！"她在前领路。

刘氏忙再喊："罪妇愿将甄氏献于将军，乞将军留罪妇一命！"曹丕头也不回、大步流星地向前走，只是吩咐军兵说："遵使君阿翁令，存活袁绍家人，不得冒犯！"甄氏至此方才得知他就是曹操之子。

甄氏半推半就，被曹丕拉进她和阿秀目前合住的卧室。阿秀赶紧把甄氏的被褥铺在席上，就掩上房门。曹丕急不可耐，要给甄氏脱去齐衰孝服。甄氏还是稍作抵拒，问道："敢问曹王孙之大名？"曹丕笑着说："吾名丕，乃使君阿翁长子。"甄氏又问："敢问王孙贵庚几何？"曹丕说："年方一十九。"甄氏说："贱妇虚长五岁。世上少女甚众，曹王孙何须顾恋菲姿陋质！"

曹丕不想和她多说，又要动手脱衣。甄氏还是抗拒，说："曹王孙当知礼仪，男女大伦，未行合卺之礼，何以同席共枕！"曹丕只能坦白直说："事已至此，尔或为吾父之妾，或为吾之妻，二者必居其一。"说完，就不容甄氏再推拒了。

但不可思议的是曹丕的温存，和前夫袁熙的粗暴形成了强烈的反差。甄氏是已婚女子，虽然遇上的是一个形貌较丑的男子，但今天竟是第一次享受到真正的夫妇之乐，享受到钻心透髓般的温馨和甜蜜。她很快感觉，这是一位富于文采的大家子弟，言语举止文雅，对自己有一种明显的怜香惜玉之情。甄氏在婚前，期盼中的佳偶，第一倒不是容貌，而正是富于才情，并且能够对她温存体贴。曹丕不正好符合她的期盼吗？过去，出嫁后经历的所有委屈不甘、胆战心惊，犹如阴云一般，时刻盘踞在甄氏的心头；在此刻，长期以来积压的种种负面感情终于得到释放。人的心理非常奇妙，难以捉摸。一阵羞云怯雨之后，甄氏竟从推拒转为顺从。曹丕看着甄氏红烫的脸，感觉有一种出奇的艳美。他抚摩着，深情地说："得此美妇，如天之赐，誓不相负！"

甄氏再也抑制不住自己，失声痛哭起来。她将自己在袁家所受的种种凌辱和折磨，以及内心的悲凉和痛苦，一股脑地向曹丕倾诉。她最后说："贱妇于袁氏大第，如身陷狴犴之中。蒙曹王孙垂顾，愿谨侍巾栉。"曹丕听后喜上眉梢。他突然起身，把甄氏扶起，说："吾须与汝拜见使君阿翁，当助尔梳妆。"

甄氏用手婉拒，说："曹使君父子乃英豪也，志在天下，岂可为闺闱琐屑之事。"她走去开了房门，阿秀一直站立门外守候。阿秀赶忙进屋，鄙夷地朝席上甄氏脱下的齐衰粗麻孝服啐了一口，然后帮甄氏梳妆。

曹丕高兴地牵着甄氏的手来到厅堂。曹操正跪坐在原来由袁绍正坐的大床上，刚处理完被俘审配的事，就见曹丕带甄氏拜见，浓妆的甄氏跪地肃拜，说："甄氏女拜曹使君！"曹操已知曹丕和她的事，有所不快，心想："不料子桓竟先下手为强！"可是既然木已成舟，便也只能顺其自然了，难道父子为抢一个女子，翻脸不成？他叫甄氏"且起"。

甄氏站立，抬头望着曹操。因曹操坐在床上，虽难以完全分辨身材高矮，也约略可以判断其身形矮小，面容与曹丕相像，而锐利的目光却炯炯有神。曹操仔细欣赏她的美貌，心中仍有一种说不出的滋味，也只得哈哈大笑："如此佳人，真吾儿新妇也！"有了他这句话，曹丕和甄氏心上的那一块石头就完全落地了。曹操马上又补充一句："当择日与汝等行合卺之礼！"

甄氏又向曹操行肃拜礼，跪而不起，说："甄氏女有三事，叩求使君。"虽然曹操已称她"新妇"，但在正式合卺前，她不愿自称"新妇"，称曹操"阿翁"。

曹操说："尔且起立，愿闻其详。"

甄氏跪而不起，说："容甄氏女跪禀。其一，母、兄、嫂等远在无极县，久不通音问，如今战乱时节，道路难行，愿写一信，恭请使君遣专人送至。"曹操说："此事甚易。闻得汝兄曾举孝廉，可召汝兄来此，孤当与他一官半爵。"甄氏说："甄氏女知兄之才，岂堪使君大任？我家不须迁此，教兄在无极看门守户，安分守己，谨护薄产，足矣！"曹操发出惊叹："足见新妇贤德，便依汝之嘱。"

甄氏再说第二件事："审正南将军英烈刚气，若使君将他收降，堪当大任。""正南"是审配的字。曹操叹了口气，说："新妇所见甚是，可惜正南誓死不降，孤已将他处斩！"甄氏不由垂泪，说："恭请使君为之修坟造墓，甄氏女当前往吊祭。"曹操感觉奇怪，甄氏叙述了她与审配仅有两次会面的情况。曹操也咨嗟叹息，同意甄氏的请求。

甄氏又一面流泪，一面说第三件事："邺城受围，半载有余，城中强半人口已成饿殍，惨不忍睹，悲不忍闻！如今使君大军破城，当行仁义之事，救民倒悬，救护残生，得民心者得天下。恳请使君下严令，禁止将士奸淫掳掠，以赢得民心。"

曹操完全没料到一个女子能口出此语。在古代，军队的奸淫掳掠，是激励和提高士气的一种重要手段。他想了一想，说："新妇知书达理，精深治天下之道，可谓奇女子矣！可惜汝是女子，若是男儿，孤当不次重用！孤下令，自明日午时始，将士奸淫掳掠者，斩无赦！"

甄氏明白，曹操还是给将士一天的奸淫掳掠时间，心中当然不快，但也不敢作任何表露了，只能向曹操再次肃拜。

曹操又说："袁绍之妻，袁尚之妻、妾、子、女，孤已下令保全，足其衣食。本初曾与孤共起讨董卓之义师，孤当临祀本初之墓，以示悼意。"

曹操留汉献帝在许都，自己将邺城定为统治中心。没过几日，曹操妻卞氏等到达，曹丕和甄氏正式完婚。曹操很快消灭袁尚、袁谭、袁熙和高幹残部，大体统一了北方。

由于曹操亲驻邺城，原来的袁氏府第就改换成曹氏府第。甄氏再婚后，还是住在曹丕与她初会的房中，只是加上大床和小几，又进行一点装饰。

曹丕早有三妾，后来自然又陆续增加。甄氏秉遵从一夫多妻制下的妇道，尊爱丈夫，对众姬妾尊重厚道，从无居高临下的姿态。姬妾虽多，但一比甄氏的姿容，也没有一个再产生争宠之希觊，彼此相处和睦。她也孝顺阿翁和阿姑，深得曹操夫妇宠信。

甄氏在曹丕的众姬妾中，很快就与第一妾李夫人亲热起来。另外二妾没有文化，与她话不投机。李夫人是县吏之女，因受父亲熏陶，有相当文化。她的婚前追求，其实只望佳偶有文化，能体贴，即使粗茶淡饭，也能互相厮守，一夫一妻，白头偕老。在古代社会，其实绝大多数女子内心是反对一夫多妻的，但夫权在上，又是不能违抗的。如今她既然身处乱世，成了曹丕第一妾，也只能安分守己，乐天安命，谨守本分。生活教会她谙习世故，处世稳重而大方。

有一次，甄氏主动到李夫人房里，两人有意把跪坐的膝盖挨近，这就是后来成语的促膝谈心。

甄氏突然说："吾欲呼尔为'阿姐'。阿姐！"

李夫人起初吃了一惊，随后激动地低叫一声："阿妹！"她又接着说："彼此之昵称，不足为外人道也，只宜私下互呼。"（东汉、三国时，已有结拜异姓兄弟姐妹的习俗，但《三国演义》中著名的"桃园三结义"故事，不过是后人推想和编造前代故事而已，与史实不符。李夫人和甄氏以姐妹互称，不过表示亲密而已，而不是结成异姓姐妹。）

甄氏问："为何？"

李夫人说："此称呼若为他人所知，即于众姬妾有厚薄亲疏之分，而非均平齐一，非保全之道也。"

甄氏说："谨受教。"

李夫人诚恳地说："阿妹备受使君阿翁、阿家之恩宠，王孙之专爱，仍须知日中则昃、月满则亏之理，务须小心谨慎。况女子终有色衰之时，吾历观众姬妾，迄今并无争宠夺爱之志，然天长日久，或有变故。"

甄氏说："深感阿姐之嘱。此事阿妹亦早有预备，与众姬妾不宜争宠，务须处事正大光明，和善谨厚，谦顺退让，与世无争也。"

李夫人又说："甚好！阿妹保全之道，务须生子。我生子不成，故乐天安命。"

甄氏坦白说："告阿姐，吾孕矣！"

李夫人高兴得从坐姿改为跪姿，伸双手抚一下甄氏的双肩："唯愿上苍有目，护佑阿妹早生贵子！"

李夫人又进一步强调说："阿妹如今似日中天，合府之女子唯是歆羡，然位高而势险，难保无明枪暗箭。阿姐位卑反而势安，危厄之际或可相助。吾等须内亲而外疏，心爱而情淡，过从不密，相交淡如水。教合府之人，不明彼此之深情厚爱也。"

甄氏也从坐姿改为跪姿，伸双手抚一下李夫人的双肩："阿妹谨受阿姐之教！"经过此番谈话，两人愈加亲密。

甄氏又介绍了自己与阿秀的关系，包括在娘家时，私下已用"阿秀"和"阿嫱"互称。李氏叹息说："难能可贵之至！阿嫱以仁爱，而得阿秀之情义，无主婢之分，不知世上能有几人？"

甄氏说："然女大当嫁，吾须为阿秀寻觅夫婿，岂忍为一己之私，而误其青春！"

李夫人问："阿妹与之言此事否？"

"未曾。"

几天之后，甄氏找一空闲，与阿秀单独谈话，彼此还是膝盖互相挨近，席上对坐，这是两人私下密谈常用的方式。

甄氏先介绍她与李夫人的新结情义，然后说："阿秀，阿嫱感戴汝之情深义重，然女大当婚，如今阿嫱已获安定，岂忍再教尔陪伴，误汝青春！阿嫱与李夫人议，欲为阿秀寻觅谨厚淳实之夫婿，以安终身。"

阿秀坚决表示："阿秀誓愿陪伴阿嫱终身，不欲出嫁！"

甄氏说："如何使得？"再三相劝，阿秀还是不从。

甄氏没法，拉阿秀到李夫人房中，两人轮番反复苦劝。阿秀只是简单表示："李夫人与阿嫱无须再言，阿秀命薄，幸遇女博士，待婢子如姐，我岂愿舍之而独嫁也！"甄氏激动不已，只得膝行向前，先向阿秀三次顿首，然后两人跪着抱头痛哭一场。

李夫人也十分感动，陪着落泪。她问："阿秀，吾已知汝年岁，敢问汝出生日月？"

阿秀说："婢子出生之后，便成弃女，蒙甄氏领养，长大成人，至今不知父母名，不知姓氏，亦不知出生年月。"

李夫人说："阿秀，请自此之后，即呼我'阿芬'，亦不须自呼'婢子'。"

阿秀感动得热泪盈眶，她立即低呼一声："阿芬！"她从小到大，所接受的人生第一教义，就是必须低眉拱手，卑躬屈节，伏侍主人，而不知有他。今天算是遇到第二个以平等而亲密的态度，对待自己的上等人。

在这个阶级和等级森严的社会里，三个身份和地位迥异的善良女子，竟形成了亲如姐妹的关系。但是，李夫人与甄氏还须恪守"内亲而外疏，心爱而情淡"的交往之道，不露形迹；阿秀更是小心谨慎，甚至后来即使当着曹叡和曹琬兄妹的面，也自称"婢子"，叫甄氏"夫人"，不露声色。

不言而喻，在当时的社会条件下，三个女子的关系是不能暴露的，暴露了，对她们不利，尤其是身处卑贱地位的阿秀，就必然被扣上"婢子胆敢僭越"的可怕罪名，招灾惹祸。所以曹氏府第上下，竟没有一人知道三个女子亲如姐妹的特殊关系。

甄氏再婚次年，即建安十年（205），生了男子，先取乳名阿明；建安十一年（206），又生女儿，先取乳名阿妍。大家都说阿明像母，而阿妍像父。曹操夫妇将嫡长孙和孙女视为掌上明珠，呵护孙子和孙女尤其成了卞氏生活的第一乐趣。卞氏很快就规定孙子和孙女轮流在甄氏和自己房中过夜，家庭显得十分亲睦。阿秀对阿明和阿妍则更像亲生儿女一般疼爱。

曹操和卞氏共生四子，幼子曹熊早夭，余下三子都是人才。曹丕富有文采，至今尚有一篇《典论》的文艺评论传世；次子曹彰能征惯战，少善骑射，是个典型的将才，他面有黄鬚，曹操常称"孤之黄鬚儿"；三子曹植更是三国时第一诗人，才高八斗。若说曹丕长相近父，而曹彰和曹植长相近母，无疑胜于长兄，身材也中等偏高。尽管如此，与甄氏的前夫——金玉其表而败絮其中的纨绔子弟袁熙相比，她还是喜爱这个文采风流的后夫。

曹丕对甄氏特别喜爱的一点，也是甄氏的文采。曹丕夫妇情好日密，甄氏甚至取出当年所写的旧作《塘上行》给丈夫看，并叙述和说明自己写诗时的复杂心理。曹丕反复诵读，啧啧感叹不已。他姬妾虽多，论文学修养，竟一个也无以望甄氏的项背，有的还是仅凭恃姿色，不识一丁。

时光似水，建安十三年（208）六月，曹操任丞相。但当年十二月，曹军大败于赤壁，三国鼎立之势初成。建安十六年（211）正月，汉献帝应曹操的要求，任命曹丕为五官中郎将，可以自置官属，其实就是丞相曹操的副手。

曹丕特设属官五官将文学，笼络了六个著名文士，他们分别是广陵郡洪邑县陈琳，字孔璋；山阳郡高平县王粲，字仲宣；北海郡徐幹，字伟长；陈留郡阮瑀，字元瑜；汝南郡应场，字德琏；东平郡刘桢，字公幹。这便是后世艳称的"建安七子"之六人，另一人是孔融。

三月暮春，曹丕与陈琳等六人午宴，一面饮酒食肉，一面说诗论文。兴致正高，曹丕说："我妻甄氏，闻六文学大名，渴慕已久，今日不如邀之拜会。"

六人也久闻甄氏贤美之名，当然十分高兴。陈琳说："我与夫人虽同在邺城，却未得一面，久仰矣！"他原是投奔袁绍，曾写讨曹操檄文，竟连曹操之父与祖父，也丑诋一番。后只能投奔曹操，曹操责问："卿但可罪状孤身，何乃上及父祖邪！"陈琳连连顿首谢罪。曹操也有宽容之量，就让他和阮瑀共同掌管记室，当起草文书官。

不久，甄氏由阿秀陪同，进屋脱鞋，穿蓝绫袜上席。她身穿平日最喜爱的翠蓝罗夹衣，挽着灵蛇髻，虽已年满三十岁，却仍光艳照人、端庄温雅。五位文学起立作揖、顿首跪拜，唯有刘桢只站立作揖不顿首，使曹丕心中不快，但也不好说什么。

当时曹丕坐北面南，特别给甄氏留开座位，六文学分坐东西。甄氏却有意敬陪末位，在最南方面北下跪，然又向东、西两方各恭行肃拜礼，口称"甄氏女敬拜六文学"。她的礼貌举止使恃才傲物的刘桢也立即后悔了。

曹丕和六文学继续饮酒吃食，甄氏已经吃过，只是陪坐谈心。

王粲问："久闻甄夫人文采，偶有诗作，不知可否乘今日雅兴，容吾等观赏？"

甄氏说："偶尔舞文弄墨，鄙俚之至，不登大雅之堂，岂堪污众文学之目！甄氏女尝读仲宣文学之诗，感切最深者，莫过于《七哀》：'出门无所见，白骨蔽平原。路有饥妇人，抱子弃草间。顾闻号泣声，挥涕独不还。未知身死处，何能两相完？驱马弃之去，不忍听此言。'甄氏女亦饱经战乱之惨苦，天下苍生之祸难，又岂是'白骨蔽平原'一言可尽？每吟诵一回，唯是涕泪泣血尔！"说完，眼泪还是止不住流下，又急忙以袖擦拭，改口说："今日原是雅集欢娱，恭请众文学恕罪！"一席话说得六人个个改容起敬。

应场说："闻得夫人于无极，幼时便得'女博士'之名。无极百姓至今仍感戴'女博士'赒济贫苦，饥岁活人性命之恩。"

甄氏诚恳地说："惭愧之至！浪得虚名。然圣贤书，所学何事？无非'仁爱'二字而已！"

阮瑀说："不知夫人喜爱何书？"

甄氏说："惭愧之至！读书甚少，岂比得众文学学富五车也！吾最喜《论语》《墨子》，尚能背诵。孔子教人以'仁'，墨子诲人以'兼爱'，真心服膺，足以终身受用。世上说'仁'者甚众，然言之易，行之难。甄氏女愿砥砺行之，不敢稍有怠懈也。然而一孤弱女子，有其心而无其力，岂得普救天下受难苍生？惭愧之至！"一席话，倒使六人扪心自问，感愧不已。

徐幹说："孟子曰：'杨氏为我，是无君也；墨氏兼爱，是无父也。无父无君，是禽兽也。'""杨氏"就是杨朱。

甄氏也用孟子的话，沉静地回答："'杨子取为我，拔一毛而利天下，不为也。墨子兼爱，摩顶放踵，利天下为之。'甄氏女不才，虽浅陋无知，愿服膺墨子之教。'利天下'者，父在其中，岂得曰'无父'也！孔子曰：'泛爱众，而亲仁。'泛爱即为兼爱，孔、墨之说同，岂得曰，泛爱非兼爱?"自从汉武帝"罢黜百家,表章六经"以来,孔子已成圣人,不容非议。但此后长时期内,孟子仍算百家之一,对他的说法尚可自由讨论,不算离经叛道,所以甄氏完全可以大胆非议。此言一出,语惊四座,六人都为之折服,徐幹再也无言以争。

曹丕没有插话,但内心还是吃了一惊,他第一次发现相处多年的妻子如此陌生。他只知妻子仁善,但对她的真实思想并不了解。他自己真正信仰的,还不是杨朱的一套?正如父亲所说:"宁我负人,无人负我!"不料自己特别宠爱的竟是如此一个女子?

大家闲谈一阵,只有刘桢,至此仍一言未发。甄氏特意转向刘桢说:"甄氏女喜读公幹文学之文,妙不可言!"随即背诵了他的一长段书信:"'荆山之璞,曜元后之宝;随侯之珠,烛众士之好;南垠之金,登窈窕之首;韠貂之尾,缀侍臣之帻。此四宝者,伏朽石之下,潜污泥之中,而扬光千载之上,发彩畴昔之外,亦皆未能初自接于至尊也。夫尊者所服,卑者所修也;贵者所御,贱者所先也。故夏屋初成,而大匠先立其下;嘉禾始熟,而农夫先尝其粒。'妙语连珠,令人拍案叫绝也。"

刘桢激动地说:"惭愧!如今方知,夫人虽为女流,竟有济世安民之志,真乃天下第一奇女子也!我唯是一介凡夫，只知苟全性命于乱世，自愧弗如，恭请受我一拜！"伏地行顿首礼。

甄氏连忙还以肃拜礼，说："受此深礼，岂不折杀甄氏女矣！"

此次会面，尽欢而散。曹丕教甄氏回房，自己去拜见曹操，详细叙述此次宴会的情况，然后说："甄夫人文采超人，折服六文学，自不待言。然今日方知，此妇信奉墨子迂阔之说，惜无通权达变之才。丞相阿翁初见此妇，即称'可惜汝是女子，若是男儿，孤当不次重用'！窃以为不能随机应变，即为男子，亦不宜重用。"

曹操哈哈大笑："孤初见新妇，即以'禁止将士奸淫掳掠，以赢得民心'为请，其深信墨子迂阔之说，亦何足为怪？吾儿须知，平天下，治天下，二三迂阔之士，亦不得不用！"

曹丕说："愿丞相阿翁赐教！"

曹操说："平天下，治天下，须是儒家与法家杂采，王道与霸道兼施，内法外王，阴法阳儒。不宜纯用通权达变之才，亦须兼收迂阔正直之士，或可辅孤不逮。然通权达变之柄在孤，此等迂阔书生之议，或用或废，在孤掌中，有何不可？"

曹丕赞叹说："丞相阿翁深谋远虑，神机莫测，岂儿等可及！"

曹操对甄氏，确有一种自己也难以说清楚的感情，相处时间愈久，爱慕之心愈深，他不能做非礼之事，却很乐意向新妇显示宠爱之情，并且清楚懂得，甄氏根本不同于寻常女子，绝不会恃宠而骄。

此外还有一件事，去年卞氏得了一场大病，竟躺了五个月。甄氏精心侍奉，亲自调制汤药之类。等卞氏病愈，甄氏的身体却明显地大为瘦削。卞氏十分感动，说："此真孝妇也！"曹操也很有同感，多次表示，为长子娶了如此贤德的新妇而高兴。

此时，曹操又对儿子强调说："新妇可谓德、才、貌兼备，人世第一奇女子！子桓有此妇，享用终身，乃人生大快事。新妇持墨子迂阔之论，又有何妨？切不可因此稍有嫌薄之意。"

曹丕恭敬地说："谨受丞相阿翁之教！"

曹操又说到儿子属下的六文学："孔璋于孤，怀负罪之愆，小心翼翼，终日如临深渊，如履薄冰，不敢稍怠，正可助孤文书，而尽其所长。此外四子，孤亦得其用。唯有刘桢，虽不得已投孤属下，其实桀骜不驯，心怀二志，孤屡欲贬责，今正当其时。"他向曹丕交代一下，曹丕当然遵命行事。

曹丕回到卧室，就对甄氏说："丞相阿翁曰：'新妇可谓德、才、貌兼备，人世第一奇女子！子桓有此妇，享用终身，乃人生大快事。'然而得知刘桢待新妇如此无礼，勃然大怒，下令将刘桢下狱，行将处死。"

甄氏大惊，急得额头出汗："刘公幹唯是文士清高，便是一揖，又何尝失礼？为此杀一名士，教新妇何所容于天地之间也？妾须是即刻拜求丞相阿翁！"

曹丕再三劝阻，甄氏急得跪在曹丕面前，不断顿首："妾唯求五官夫君开天大之恩，与妾同往，拜见丞相阿翁！"

曹丕心想："丞相阿翁果是料新妇如神！"就说："料得刘公幹唯是入狱，绝非立即处死。然天色已晚，待明朝与汝同往，亦当助汝一臂之力！"

甄氏无可奈何，一夜长吁短叹，只听旁边的曹丕呼呼入睡。翌日，赶紧拉着曹丕，去见曹操。

曹操在大床正襟危坐，见甄氏进屋，就哈哈大笑："贤新妇，刘桢可恨，孤今为汝复无礼之仇矣！教天下士人知得，自今之后，孰敢无礼于孤新妇！"

甄氏急忙下跪，连行顿首礼，说："使不得，新妇恭请丞相阿翁刀下留人！"

曹操说："刘桢已收狱中，只待孤令！"

甄氏说："刘桢虽为前倨，却又后恭，如或见杀，新妇难容于天地之间矣！唯留万世骂名也！新妇恭请丞相阿翁开天地之恩，将刘桢官复原职。"

曹操见到甄氏急得头上汗珠直冒的模样，又觉心疼，心想这个玩笑该收场了，说："孤今从新妇之劝，免刘桢一死，可出狱，降官为吏。"

尽管对曹操的回答不满意，甄氏也只能伏地顿首："新妇恭谢丞相阿翁！"

曹操叫曹丕："速扶新妇起立！"曹丕连忙上前，把甄氏扶起。他和父亲都哈哈大笑起来。

曹操从建安十五年（210）冬到建安十七年（212）春，在邺城西稍北，建造了东汉末和三国时最有盛名的建筑——铜爵台。这是一个精巧而繁密的房屋组群，南北向，主要有中心的铜雀台、南部的金虎台和北部的冰井台。后世就习惯统称铜雀台。铜雀台据称"巍然崇举，其高若山""台高十丈，有屋百余间""中央悬绝，铸大铜雀，高一丈五尺，置之楼顶"。它与金虎台和冰井台相距各六十步，一步合五汉尺，"其上复道、楼阁相通"。一汉尺约合

0.23 至 0.24 米，可知铜雀台高约 23 米至 24 米，为当时超高型楼屋，估计可能约八九层楼。三台之间的复道，约合今 70 米。按现代建筑标准看，也是十分壮观的。整个房屋组群当然集中了东汉末最高水平的设计施工和最优良的材料，成了名噪一时的建筑艺术精品，华丽壮美之至。据说，铜爵台所用青瓦，十分平莹，还用"八分书"字体，刻印工人的姓名。后铜爵台废毁，有人拿到青瓦做成砚，储水，居然历经数日，不会渗漏。

建安十七年（212）春，铜爵台完工后，曹操决定率儿子们登台，吟诗作赋，并且大宴文武官员。这是三国时著名的一次庆典。

曹丕穿戴整齐，头戴文儒者的进贤冠，身穿紫色锦绣褒衣大裤，脚穿黄丝履，揽铜镜自照，又请甄氏看评，孰料甄氏只是没精打采地颔首示意。

曹丕又取出他为今天登铜爵台而写的诗作，说："汝可为我修润之！"

甄氏看后，心想："丞相阿翁自注《孙子》，用兵如神，灭袁术，诛吕布，破袁绍，堪称天下无比。然亦大败于赤壁，去岁攻关中，亦尝狼狈于潼关。此诗文字平淡无奇，唯是虚美，称颂文德武功而已。不如其《典论》，'文以气为主'等语，足可赞之！"这些话当然不敢说出来，只能说："王孙夫君之作，恕妾才浅，无力修润之！"

曹丕说："吾观尔近日颇萎靡，食欲不振，可请医者审视？"

甄氏只是举手微摇，淡淡地说："偶有不适，无须求医问药，不日当自愈也。"

曹丕走后，甄氏对阿秀轻声说："与阿姐十余日未尝对语，今日趁闲，前去其屋中！"

阿秀十分高兴："阿嬬萎靡不振，似病非病，正宜见阿芬，稍纾抑郁苦闷之情也。"

她们三人结成姐妹般的亲密关系，至此已是第九年。按李夫人"内亲而外疏，心爱而情淡"之道，虽然在众人广坐之中，会面不少，一般都保持疏而不亲的距离，交谈颇少。不论曹丕在场与否，或谈天，或会食，甄氏须按正妻身份，跪坐正位；而李夫人按妾的身份，尽量远离而坐。偶尔无旁人，甄氏总是用低声亲切叫"阿姐"，而李夫人也低声回以"阿妹"，同时举手在胸前微摇，把座位移远些，如此而已。由于李夫人房中经常空寂冷落，正好成为她们理想的聚会场所，保持大约一月半月聚一次。

阿秀慢慢感觉，偌大的曹府好似笼子，自己简直就是笼中之鸟。只有与甄氏进入李夫人房中，掩门上闩后，这个不算大的房间，才成为小鸟可以展翅翱翔的蓝天，无拘无束，又多么自由而快乐！自己在笼中，就是与牛羊鸡犬无异的畜生，只能被人呼来喝去；唯独进入李夫人的房间，自己才有了做人的资格，温馨而幸福！久而久之，能去李夫人房中叙话之日，真成了她的节日。

甄氏和阿秀进入李夫人房内，阿秀立即关门上闩，彼此互相亲热地直呼小名，李夫人准备了蜜水。然后三人按习惯呈"品"字跪坐，大致依年龄，李夫人坐北面南；阿秀坐东南，面西北；甄氏坐西南，面东北。三双膝盖互相挨近，开始叙话。

因为会面的激动，李夫人并未觉察阿妹的不快。她说："闻得丞相阿翁今日于铜爵台大会。吾闻知铜爵台竣工，数日前，约数姬前往观赏，果是华丽壮美，精巧绝伦，令人目不暇接，宛如人间仙宫琼宇！"

阿秀忍不住先叹息说："阿嬶亦只为此人间仙宫，伤心恸哭数回！"

甄氏顿时悲声大放，一时说不出话。阿秀说："阿嬶与我亦于十数日前，前去铜爵台。正值抬舁十具役夫死尸，拟就近送至西城金明门外荒郊掩埋，亦不须告知家人。阿嬶问明，竟是无极县之役夫。又问明，自建造以来，三年间，竟死役夫千余人！"

甄氏哭声稍敛，说："可怜铜爵台下尸骨，犹为故乡父、母、妻、子之梦中人也！岂不痛哉！归家之后，踌躇再三，只得以问候家人为名，求王孙夫君赐二百贯文五铢钱，遣人送至无极县甄门。另作书与三兄，求其竭尽家力，赒恤无极县死难役夫之家。人死不得复生，唯此而已，岂不哀哉！"

她接着又愤慨地说："天下战乱未息，黎民水深火热，竭尽天下民脂民膏，筑此高台，以供欢娱享乐，竟死役夫千余人！于心何忍？"

李夫人又提起去冬往事，当时曹操在关中征战，曹丕在邺城留守，甄氏曾问曹丕："闻得铜爵台下，有役夫冻死否？昔周文王筑灵台，'庶民子来'，须教役夫暖衣饱食，方是行仁者之政！"

曹丕只是冷淡地回答："役夫有死有伤，自古有之，不足大惊小怪。汝只宜谨守妇道，何须为此牵肠挂肚也！"甄氏只得沉默不语，却忍不住私下向李夫人诉说。

甄氏听李夫人提及此事，又悲痛地说："人命关天也！当年袁熙杖杀婢子阿茹，扬言'臧获甚贱，类同畜产也'！如今又云，'役夫有死有伤''不足大惊小怪'也！前后一辙！此乃我之不幸矣！"

李夫人一面流泪，一面发出深沉的喟叹，说："方今争天下者，又何者为仁？丞相阿翁征战天下，屠戮俘降者，动辄万计，死役夫千余人，自不足大惊小怪也。事已至此，事无可为，吾等亦只宜谨守妇道矣！尚有何言！"

甄氏再也不说，只是伤心恸哭，李夫人也只得从旁劝解，说："阿妹不宜哀恸过度，双目红肿，如何见五官夫君？女子自来命薄，与袁氏相比，阿妹尚是不幸中之幸也！"甄氏不可抑制的感情倾泻过后，也只能同阿秀恋恋不舍地离开李夫人屋。

甄氏还是听从李夫人的劝解，准备略装一点笑颜，迎候曹丕。曹丕进屋，甄氏立即感觉异样。按照惯例，曹丕必定醉酒，甚至酩酊大醉，今晚不但没有醉酒，而且神色不好，但她也没有发问。

曹丕却叹息说："今日又是子建之赋，独得头筹！备受丞相阿翁之称赞！"这也是在甄氏意料之中，曹植文采，确是强于其兄。

甄氏说："子建之赋，妾可得一观否？"

曹丕取出两张纸，说："知尔喜读诗赋，已命书吏抄录。"

甄氏也素来仰慕曹植的文才，取来仔细读了三遍，心想："此赋辞藻虽华美繁复，然亦唯是虚美，称颂丞相阿翁而已，与五官夫君同属一流。若是吾作，岂宜如此，当曲尽役夫之苦难，方为上乘。便是汉赋之中，或有示谏讽之意，亦差强人意矣！"

她想了一下，说："五官夫君《典论》曰：'文以气为主，气之清浊有体，不可力强而致。'此语深中肯綮。依妾之愚见，此赋言词华丽，力强而致，气势不足，诚不足为上品。五官夫君之登台诗，不在其下也。"听到妻子夸奖自己的诗作，曹丕略感高兴。

两人上床后，甄氏又发现丈夫没有了往常夫妇行乐的兴趣，却是翻来覆去，唉声叹气，便问："五官夫君有何不乐？"

曹丕叹息一声，说了心里话："近日子建恃丞相阿翁、阿母之宠，呈凌逼之势，窃恐吾位难保也！"

甄氏想了一下，说："依妾之愚见，五官夫君不须过虑。"

曹丕当然急切想知道甄氏的说法。甄氏说："五官夫君已有明令，定为丞相阿翁之副，一也；丞相阿翁、阿母之深爱阿明，何忍废长立幼，二也；有袁氏废长立幼，兄弟阋墙之前戒，三也；妾略知子建之为人，有文士放浪不羁之性，而乏治国平天下之才，岂如五官夫君，长于掌政理国，四也。"

曹丕没想到甄氏还有如此见识，感觉高兴。甄氏又说："兄弟自当亲睦，互敬互爱，互谅互让，切不可阋墙。人生在世，终有一死，转瞬之间，荣华富贵，皆如幻梦也。昔周太王之长子泰伯，次子仲雍，少子季历。太王见季历贤，又生文王，有圣人表，故欲立之。泰伯因适吴越采药，宁断发文身，以天下让季历，故孔子赞曰：'泰伯，其可谓至德也已矣，三以天下让，民无得而称焉。'"

曹丕听后，突然怒形于色。但他面对甄氏的侃侃正论，又连半句话也说不出，只是马上掀开绵被，下床，到门口穿鞋，然后"砰"的一声，关上房门而去。

甄氏真没料想到曹丕有如此举动，她在灯光下，甚至看不清曹丕的怒色，但很快就明白，刚才失言了。她本应立即把此事告诉阿秀，但不愿打扰阿秀睡觉。自己躺着思考，不知后果如何。但感觉自己的话没错："既是正论，无须理亏心虚矣！"就安心睡了。

天明之后，阿秀进屋，甄氏对她说起昨夜的事，阿秀说："吾等今日宜见阿芬！"说完，就立即出屋。按照惯例，既然昨天刚去，李夫人今天可能另有自己的活动安排，故先去通知。

甄氏和阿秀早饭后，进李夫人屋。因阿秀事前告知，李夫人其实已开始为"阿妹"忧虑，仍面带平静的微笑迎接和说话。三人仍然按"品"字形坐席，甄氏详细介绍昨夜的情况。

李夫人字斟句酌地说："阿妹之言虽曲尽妇道，堂堂正论，无奈五官夫君好色而薄情，锱铢必较，睚眦必报，况阿妹之言，正中其胸中深忌乎？阿妹已年逾三十，微呈色衰之相，若能委曲求全，婉言认错，夫妇之情，或尚可挽回。"

甄氏说："既是堂堂正论，自咎自责，有所不能矣！"

李夫人叹息说："知阿妹之性，柔中有刚也！"

阿秀也劝说："既为妇人，亦只得低眉弯腰。"

甄氏还是不表态。

李夫人说："阿姐料得，五官夫君唯是怀恨在心，然转念目即乃争权夺势之机遇，阿妹又得丞相阿翁、阿母之大宠，正可为己之所恃所用，不得公然与阿妹反目为仇也。汝且温言悦色如旧，或岁月稍久，夫妇亦可和解矣！"

甄氏点头表示同意。

果然不出李夫人所料，曹丕憋到第六夜，还是回到了甄氏房中。他经过精心盘算，知道甄氏在他与曹植争权中的重要性，如果真要把夫妇反目的事捅出去，自己的前程也就完蛋了。甄氏和他在表面上，也都温颜一如既往。

曹丕上床后，只对甄氏说一句："吾等床头密语，不足为他人道也！"

甄氏回应："妾乃妇人，岂得将五官夫君枕席床笫之言外泄？"她绝不愿向丈夫引咎自责，两人一时互相包容，合欢如旧。

事实上，甄氏和曹丕彼此在感情上的裂痕，已难以修复。

五、郭女王之宠

建安十八年（213）五月，曹操被汉献帝册封，晋升魏公，确定冀州十郡为魏国封地。十郡之中，包括了甄氏故乡中山郡。

时值仲夏，曹丕郊行游猎归来，途经铜鞮侯居佑宅宴饮。席间，一群歌舞伎前来助兴。为首的婢子穿一身红色薄袖衣裳，媚眼如丝、玲珑窈窕。半醉的曹丕问道："汝唤何名？"

她答曰："婢子姓郭，安平郡广宗县人氏，父曾官为南郡太守。"

曹丕笑着对铜鞮侯说："吾今携一婢子去矣！"

自此，郭姓婢子就成了曹丕的第二十六妾。古代史籍因为避名讳，大多后妃没有留下名字，甄氏与郭氏也不例外。郭氏出生在中平元年（184），小甄氏两岁，大曹丕三岁。她从小聪慧过人，其父郭永曾高度评价这个女儿："此乃吾女中王也。"从此就以"女王"为字。但命运并没有眷顾这个聪颖的女孩儿，她八岁就因战乱丧亲，沦落为铜鞮侯居佑家的女奴，后来又充歌舞伎。

十六岁时，居佑与三个儿子就轮奸了她。此后，居佑的亲戚，往来的贵客，甚至很多男奴也都占她的便宜。郭女王也很快学会过淫荡的生活，性欲很强，来者不拒。但是，她也十分渴望改变自己婢子的卑贱地位。然而令她十分失望的是，凡接触过的男子，都只是把她当作玩弄的对象而已。如今已到三十岁的她，终于交上了好运。

新来的郭姬随同曹丕，与甄氏和众姬妾见面了。大家都好奇地打量她，只见郭姬的身高，竟居众女子之下；但娇小窈窕，却又无人可比。李夫人对她的打量尤其仔细，并且对比甄氏和郭姬的差异：论体形，甄氏已三十二岁，端庄高挑，稍有丰腴感，郭姬矮小窈窕；论面部容貌，自然甄氏更胜，但眼角和嘴角已微有皱纹，已呈色衰；而郭姬是杏圆脸，驻颜有术，尚无色衰之相。初会自然相当客气，甄氏依妇道，自然对郭姬温和而尊重；而郭姬却行妾道，对甄氏恭敬有礼，甚至有几分卑躬屈节。一次初会，双方都相当亲切愉快。

但在李夫人、阿秀和甄氏私下交谈时，李夫人对甄氏叮咛说："郭姬一双媚眼，甚为可爱，然而鹰视狼顾者，必常怀忌妒，似狡黠多智，不甘在阿妹之下。阿妹须小心提防。"

阿秀说："阿芬之说有理，自宜提防。"

甄氏说："妻妾位之高下，决于五官夫君，或有此事，吾自须遵循妇道，不可计较矣！"

李夫人说："自此以往，阿姐当多与之交接，或可窥其意向也。"

甄氏说："感荷阿姐深爱，然郭姬果狡黠多智，亦非阿姐所得窥测也。"

几个月的相处，郭姬就愈来愈得曹丕的宠爱，很快超过了甄氏和众妾。曹丕明知郭姬在容貌，尤其是文化水平方面，不如甄氏。但他特别喜爱郭姬之妖娆，房事之际，犹如一条小蛇缠身，百般妖媚，远胜于甄氏的端庄娴雅，使曹丕心花怒放，身心酣畅。慢慢地，曹丕就把自己的心腹事，包括对争位的渴望，对甄氏的嫌恶，都向郭姬和盘托出。

聪明的郭姬，起初只是静听，从不发表己见，但她通过各方面打听，终于知晓了曹操全家的家事和人际关系。

她开始发表己见，但很注意，绝不褒贬他人，只是说一点建议。郭姬已经胸中有数："甄氏可取而代之也！"但绝不露任何声色，对甄氏一直恭敬有礼，也保持几分卑躬屈节，谨守妾道。但对众姬妾，甚至女婢，却广结良缘。

郭姬已经享受专房之宠，却经常动员曹丕到众姬妾特别是甄氏房中夜宿。她常说："贱妾感荷五官夫君深恩厚德，然而专房之宠，峣峣者易折而难全，忌妒者众，非保全之道也。"

曹丕说："保全者在我，又有何妨？"

郭姬说："目即五官夫君欲保丞相之副之位。甄夫人深得魏公阿翁、阿母之大宠，若甄夫人稍示嫌薄之意，恐非五官夫君之福也！"

曹丕觉得郭姬所说有理，也就间或轮流到甄氏和众姬妾处夜宿，但夜宿后品味，却是对郭姬爱之益深。

一天晚上，曹丕到郭姬房中，显得愁眉苦脸。

聪明的郭姬却猜其中情况，乘机进言："五官夫君实则不须因世子之位烦忧，鹿死谁手，尚未定矣！"曹丕听后，吃了一惊，没想到郭姬早已猜透他的心事。他就有意向郭姬先说甄氏的劝解之言。

郭姬顺水推舟，说："甄夫人之言甚是，兄弟不可阋墙，阋墙无理。五官夫君只宜厚待子建，不可稍示形迹。五官夫君自当处处示以长兄宽厚亲睦之大度，彰显长于掌政理国之奇才。"

她停顿一下，又说："闻得子建使酒任性，喜交狂士，魏公阿翁素不喜狂士，此乃可乘之隙也。五官夫君宜示镇定之势，宠辱不惊，静以待之。乘临菑侯轻躁任性之隙，伺机而行，渐离间慈父母之心，一也；以谦恭厚礼，广结大臣之心，二也；平原侯喜交狂士，亦可伺机夺其羽翼之助，启魏公阿翁之嫌，三也。"

曹丕听到此处，不由高兴地紧抱郭姬，说："汝真乃吾之智囊矣！"

郭姬还不放心，叮咛说："此乃枕席床笫之言，五官夫君万万不可外泄也！否则，贱妾之命休矣！"

曹丕说："岂可漏言乎！"

两人亲密一阵，得意忘形的曹丕用耳语低声说："若朕身登大宝，自当册汝为皇后。"

此语正中郭姬的心怀，甜蜜之至，但她立即低声回答："贱妾岂敢萌异志！甄夫人为正妻，生有阿明，自当为正宫。贱妾唯愿安分守己，足矣！"

郭姬最盼望的，自然是早生贵子，为此求医问药，敬祀祭拜传说中主生育的高禖神，也乞求于新兴的佛教和道教，费尽心机和气力，简直到了挖空心思的地步。然而延挨到建安十九年（214）夏，还是没有一丝一毫受孕的征兆。郭姬反复推究，认为是自己在铜鞮侯居佑宅滥淫，因此断绝生育能力，就对铜鞮侯居佑产生极端的憎恨，感觉此仇非报不可。

一天夜里，郭姬突然在曹丕怀里大哭，诉说自己在铜鞮侯居佑宅所受的奸污和凌辱。她最后呜咽着说："贱妾蒙五官夫君之大恩大德，拔妾身于缧绁之中，唯愿为生育一子一女，而遭此不幸，岂非痛彻心扉乎？"

曹丕不由勃然大怒，安慰说："明日当将居佑满门抄斩，碎尸万段，以雪此大恨也！"郭姬自然连连谢恩。

翌日，曹丕果然派遣一百名军士，将铜鞮侯居佑一家七八十口，不管如何哀求，惨叫声不绝，全部杀害，把割碎的尸骸，满装十多车，全部运出广阳门外，抛于荒郊。曹丕把这个消息告诉郭姬，她心花怒放，乐不可支，连声"谢恩"。

曹丕又吩咐将铜鞮侯宅收拾修饰，准备用作自己和郭姬享受的别墅。

铜鞮侯居佑被灭满门，成了一条大新闻，不胫而走。

在李夫人、阿秀和甄氏三人谈心时，还是李夫人说了此讯，阿秀和甄氏都大吃一惊。

甄氏说："不知铜鞮侯得了何罪，受此惨毒？"

李夫人说："此乃五官夫君之所为！我与郭姬相处多时，此妇果是缜密，与众姬妾、女婢等皆是内疏而外亲，虚与委蛇而已。依我所料，必是为铜鞮侯婢子时，甚多宿怨，故以此报仇矣！"

阿秀说："即使宿怨甚深，而下此毒手，亦惨苛之至！足见其机心叵测也！"

李夫人说："阿妹尤须小心提防！"

甄氏叹息说："若真机心如此，亦防不胜防也。吾等并无真凭实据。我只宜一如既往，遵守妇道，善待郭姬而已，岂有他哉！"

铜鞮侯居佑被屠的新闻传到了曹操和卞氏那里。一天，曹丕拜见父母，卞氏问："汝何以灭铜鞮侯满门？"

曹丕一时竟难以对答。曹操逼一句："莫非听信新宠郭姬之言？"

曹丕无言以对，只能说："只为郭姬于铜鞮侯家备受奸污凌辱。"

卞氏说："此事何家无之？汝有数姬，亦原为大家婢子，难道皆须如此？汝岂不太甚？"

曹丕感觉情势不妙，急忙下跪叩头认错："此是儿子之过，叩请魏公阿翁、阿母宽恕！"

曹操说："吾儿且起！"曹丕站立，却仍弯腰拱手。

卞氏说："我阅女子多矣，观郭姬妖媚多智，吾儿可爱之，而万不可沉溺，沉溺必败家事。屡曾言知，新妇大贤大德，人世第一，既为正妻，乃吾儿之大幸也，足可深信厚待，即终身之福矣！"

曹操说："吾儿须谨记父母之言！"曹丕赶紧唯唯诺诺一番，然后想告退。

卞氏说："吾儿没收铜鞮侯宅，拟作何用？"

曹丕再不敢说是准备作为自己和郭姬的别墅，说："此事儿子尚未拟定。"

曹操说："子建居室颇狭隘，可供其为别墅。"曹丕又是唯唯诺诺一番，然后告退，退后才发觉自己身上已惊出了冷汗。

曹丕吓得当夜不敢去郭姬房中，决定必须到甄氏房中夜宿，并接连宿了两夜，这是近年来所未有的。夫妻的感情当然已大不如前，但还维持表面的和睦。甄氏明显感觉曹丕有些六神无主，但她不愿多问，只是说些闲话。

拖到第二夜，曹丕憋不住了，他问："汝知吾杀铜鞮侯家口之事乎？"

甄氏巧妙地回答："此是五官夫君之外事，妾居中闱，何须顾问乎？杀铜鞮侯合家若干口？"

曹丕只能坦白说："杀七八十口。郭姬于铜鞮侯家备受奸污凌辱，吾一怒之下，为此事。"

甄氏仍然温和而坦诚地说："其家妇孺与此何干？人命关天，此不合孔墨仁爱之道。"

曹丕内心又起反感："动辄空谈迂腐之说者！"但嘴上又换一种说法："我亦有后悔之意也。"

甄氏又建议说："窃恐有阴骘，可将铜鞮侯家口盛以棺椁，修造坟墓，祭奠消灾。"

曹丕又不得不坦白："已皆碎尸矣！"

甄氏内心又一阵哀痛："可谓惨毒之至矣！于心何忍？"但又说一句："亦可收拾碎尸，以建家墓。"

曹丕心想："事隔多日，盛暑肉腐骨朽，鸟啄兽噬，窃恐难以收拾矣！"表面上却说："贤妻之言甚是，我明日吩咐即可。"

甄氏又说："窃恐五官夫君须携郭姬同往，以至诚祈祷消灾为宜。"

曹丕敷衍说："自须从贤妻之言也！"

曹丕心中还有疑惑，已不能不问："汝可曾言众姬妾之长短？"

甄氏当然听出，他是疑惑自己向阿翁和阿家说郭姬坏话，就坦诚地回答："妾自为五官夫君之妇，曾自与夫君相约，既为正妻，当谨守妇道，不得有忌妒之心，绝口不言众姬妾之短。五年之前，夫君欲遣出出身名门、才貌双全之任姬，妾亦曾再三苦劝。结发十一载，妾何尝食言而无信？"

曹丕再也难说什么，就想与她以房事了结。甄氏今晚在感情上，实在嫌恨丈夫的残忍狠毒，就以身体不适而婉拒，请他到另一姬妾房中夜宿。过去甄氏为避免自己专宠，常有此事。曹丕也正好顺水推舟，走出甄氏房间。

此后，甄氏与李夫人得知曹植搬到铜鞮侯家居住的消息，就判定必是曹操老夫妻训斥了曹丕。

曹丕憋到第六夜，才重回郭姬房夜宿，这期间郭姬简直丧魂落魄，猜想肯定出事。等曹丕说明原委，更是惊出冷汗。她唯一的办法，就是紧抱曹丕，告哀求饶。她最担心的，是曹操下令，将自己逐出家门，那就一切梦想立成齑粉。她说："此皆是贱妾不慎，铸成大错，连累五官夫君，罪责难逃也！"

曹丕反倒安慰她，但也说："此后务须韬光养晦。自当隔数日，方回此房，亦须多去甄氏房几回。"

过几天，郭姬想了又想，还是给曹丕另出主意："既是铜鞮侯家住不得，不如另觅他处。距铜鞮侯家不远，另有广宗侯朱门，唯一老侯与一奴，而广占大第。不如占此宅第，五官夫君亦多自由。然此事不得自作主张，须说与阿家知。"她的想法，是自己只有尽可能远远躲着曹操夫妻，才能少了许多拘束。此外，自己家乡就是广宗县，占广宗侯居宅，也是图个吉利。

曹丕翌日就对卞氏说此事："如今阿翁已是魏国公，府宅须大第，与国公爵位相称。子建已另居外宅，儿子亦宜另觅外居。"

卞氏说："汝可另有外宅处？"曹丕说了一通。卞氏说："汝不宜全家外居，我整日须有阿明、阿妍朝夕相会，以慰寂寞，故新妇亦须留此。另有李夫人，为人纯厚诚实，亦可留此，以为照应。"

此语正中曹丕下怀。他出低价，强迫广宗侯搬迁，经一阵忙乱，就同二十四个姬妾，连同若干庶子、庶女，到七月初秋，一起完成搬迁。曹丕和郭姬庆幸办成了一件大事。

甄氏和李夫人，还有阿秀，当然乐意如此安排，她们可以较自由地相聚。曹丕和郭姬也商量，只要曹操在世，甄氏房中也必须数日去一回，以免影响世位的继承。

不料时隔一天，曹丕又带着十分沮丧的神情，回新居郭姬房中。不等郭姬开口，就说："魏公阿翁即日出征孙权，已命临菑侯子建守邺，置吾于何地，可想而知也！"

郭姬听后，正如晴天霹雳。但经过上回一次惊吓，还是学会了镇定。她沉思了一会儿，问："魏公阿翁免汝五官中郎将、丞相之副位否？"

曹丕说："未也。"

郭姬说："子建虽有凌逼之势，然未成定局，尚多有挽回之余地也！"

曹丕经她一说，稍有一点轻松之感。

郭姬说："五官夫君宜示镇定之势，宠辱不惊，静以待之。魏公阿翁年近六旬，不得安居，尚不辞栉风沐雨之苦，刀光剑影之险，驱驰远征。五官夫君不得代父从行，尤宜彰显仁孝之心，此其时也。"

她讲了一通具体表演的设计。曹丕又紧抱郭姬，说："如今唯有汝，乃吾之智囊也！"

五十九岁的曹操还是择吉日，率军出发。曹丕、曹植等众子都来相送。因成长于战乱时，曹操三子都习武，曹丕好骑射和击剑，曹彰更是孔武多力，能手格猛兽，只学兵法武技，倒是曹植，主要是垂意文艺。曹彰早提出，此次由他统军出战，但曹操认为他还是不够资格，只是命他随军征战。

既然送父出征，曹植就早早写就一首五言诗，无非是赞颂曹操武功盖世，谋略如神之类，当面吟诵。曹操很高兴，说："大展文采，非汝莫属！"

曹丕见了父亲，却哭丧着脸，跪在面前，哀哭声声，说："魏公阿翁五九之年，不得在邺安养，坐享清福，犹亲率虎士，尝栉风沐雨之苦，历刀光剑影之险，此皆为子者不孝，无才、无德、无能之罪也！"竟抱住曹操右腿，号啕大哭。曹操受了感动，要将他扶起。曹丕却是连连在泥地上顿首，然后勉强起立拱手，额上带泥，脸上犹带泪痕。这一出精彩绝伦的表演，果然大获成功，完全压倒了曹植的文采，旁观者无不感叹曹丕的大孝。

曹操大军出发后，曹丕回到新宅，直奔郭姬房中，面露喜色。郭姬急忙用湿手帕擦拭曹丕额上的残泥。

曹丕紧抱郭姬娇小的身躯。郭姬说："五官夫君须每日参拜阿家，晨昏定省，嘘寒问暖，备极孝道！"

曹丕说："正宜如是！"

曹植喜欢结交，丁仪、丁廙、杨修等名士渐成他的羽翼。丁仪字正礼，任魏公属掾，亲弟丁廙字敬礼，任黄门侍郎。两人之父丁冲，是曹操好友兼谋士，曾任司隶校尉。丁冲病故，而曹操对丁仪兄弟的才气，也十分赏识。杨修是太尉杨彪之子，字德祖，又是袁术的外甥，是个美男子，才气超人，任主簿。他常为曹植预拟应对曹操提问的应答之语，往往都使曹操满意，所以曹植对杨修特别器重。

曹操出征，却很快无功而返。

一天，他和卞氏找几个儿子谈话。曹操说："汝等之妹阿凤，已达及笄待嫁之时。丁正礼自幼及壮，与孤情同父子，孤欲以阿凤许之，如何？"

曹植立即表态："甚宜！甚好！"

曹丕想了一下，说："丁正礼甚宜，甚好，然其一目眇，女悦男貌，窃恐阿凤不喜，须另择佳婿？"

他的话引起曹操犹豫。卞氏却表态："子桓之言是也！不宜再言婚嫁。"

曹丕又说："儿子观伏波将军元让之次子子林，仪容清隽，堪为妹婿。"他说的是夏侯惇之次子夏侯楙，而避讳用人名。曹丕与夏侯楙亲密，所以推荐。

卞氏首先表示赞成，曹操也同意，于是阿凤出嫁夏侯棽，后封清河公主。

与丁仪结亲的事就此告吹。曹植此后向丁仪转述，丁仪更是憎恨曹丕，他费尽心机，设法劝曹操，确立曹植世袭的地位。

曹丕自然也将此事告诉郭姬。郭姬说："贱妾静思再三，大臣辈虽须谦恭厚礼，然未可以世子之事轻相交结，事机不密，反受其害。丁仪兄弟深得魏公阿翁宠信，唯杨修乃袁术之甥，又喜卖弄聪明，或有不快于魏公阿翁者。"她说的这件事，是不久前有人供奉奶酪一盒，曹操稍吃一点，就写上一个"合"字，走开了。大家莫解其意，而杨修竟取陶匙，与众人分食。曹操后来追问，杨修说："丞相于盒上明书'一人一口'，吾辈岂敢违丞相之命乎？"曹操虽然一笑，而内心反生嫌恶之感。

郭姬又说："贱妾之家人皆丧生于战乱之中，唯从兄郭表得以幸存。妾已命从兄遣人，密伺丁仪、丁廙、杨修，窥其动静过失，密告于贱妾矣！"

曹丕高兴地说："甚好！"

郭姬又说："贱妾已思得陷杨修之计矣！使之谗间无所施。"她便说了自己的计谋。

济阴人吴质，字季重，也以才学通博，被曹丕看重。他与刘桢相交好，因被刘桢连累，外任朝歌（今河南淇县）县令，却仍经常到曹丕新居拜访。

前面说过，位于邺城南的曹丕府第和曹植宅相近，其实就成了互相监视和打听之势。一天上午，杨修骑马路过曹丕府第，只见自南来了一辆马车，车上只有一个方形大竹篓，通常用来装物品的。不料到了门口停下，竟从大竹篓中钻出一个人来，此人就是吴质。吴质与杨修相识，却也不同杨修招呼，径入曹丕家中。

杨修心中生疑，就派人监视。到了下午，吴质又从曹丕府出来，临行前，对曹丕的亲从说："待五日后，再拜会五官中郎将。"说完，钻入停靠门前的车上大竹篓，此车向南而行，显然是要出邺城，回朝歌县。

次日，杨修求见曹操，报告昨天发生的怪事。生性多疑的曹操自然吃惊，就命人在长子的家门口监视。到了第五天，果然有一辆马车自南来，上有一个方形大竹篓，到曹丕门口停下，只见出来三个曹丕的男奴，把车上的成批白绢一匹一匹往屋里搬。搬完后，这辆车空载竹篓，却北行而去。

曹操得此报告，就把三个儿子召来，自己居中坐床，三个儿子分左右坐席，然后下令："命杨修前来见孤！"

曹植听到父亲不叫"杨德祖",而直呼"杨修",不由一愣,感觉情势不妙。

不等杨修到来,曹操就先把情况对儿子们介绍。曹丕把早就准备的话说出来:"自吴质责授朝歌长,亦间或前来邺城拜会,然此事光明正大,何须藏于竹簏,车载而来?"

曹植自然也知道此事,但到此地步,明知是蓄意坑陷杨修,也只能哑巴吃黄连,只是心中暗自叫苦,一言不发。

杨修进屋,只见曹操满脸怒气,曹植低垂着头,有意不看自己。他下跪行顿首礼后,曹操发怒说:"据尔所报,孤命人前去,回报但见簏内皆是白绢。"

杨修目瞪口呆,只能说:"下官所言是实,并无虚诳也!"

曹操不容杨修再说,下令:"将杨修押下斩首!"军兵立即一拥而上,把杨修拖出堂外。

曹植立即在席上向曹操连着顿首,说:"杨修有罪,儿子愿以临菑侯封爵,换杨修一命,恭请魏公阿翁将其废为庶人。"

曹操说:"杨修乃袁术之甥,蓄意挑拨离间孤父子情义,死不可贯矣!"他刚说完,军兵已用竹盘装杨修的头颅进献,犹鲜血淋漓,而人头却怒目圆睁,死不瞑目。

曹植看到此景,忍不住跪着捶胸,悲声大放:"德祖!

德祖！汝之死，乃我之罪也！"

曹操也有些不忍看到爱子竟如此悲伤，内心也有点悔意："若留此名士一命，岂非更宜？"他吩咐曹丕和曹彰说："汝等可劝慰三弟！"说完，就下床走出厅堂。

曹丕和曹彰起立上前，打算扶起曹植。曹植甩脱曹丕的手，朝他瞋目而视，却抱住曹彰，仍大哭不止。

曹丕也感觉没趣，就一面说："子建，汝且尊重魏公阿翁之意，宜忍痛节哀！"一面就离开了厅堂。

曹丕出厅堂后，就来到甄氏房中，叙述事件原委。甄氏沉思一会儿，感叹说："杨德祖之过，乃不当参与兄弟阋墙之事。魏公阿翁之意，旨在警诫士人。然而杨德祖才气横溢，处死深为可惜。若是贱妾在堂，亦当与子建同跪，哀求魏公阿翁贳德祖一命也！"

曹丕心中本就郁闷。他本以为曹操为此必是疏薄或贬责杨修，却想不到曹操以杨修的人头警诫士人；尽管曹植此番损失了一个谋士，但兄弟阋墙之事却显露无遗，实在是得不偿失。况且曹操乃大智之材，岂不知杨修是遭人陷害？

他沉重又愠恼地对甄氏说："事已至此，兄弟失和已成定局。眼下唯韬光养晦、伺机而行矣！"

甄氏却说："恳请五官夫君念兄弟之情，否则，龃龉与冤情更甚！"

曹丕听后，不由得怒上心头，但表面上却委屈地感叹说："汝不明所以乎？即使吾依汝所言，子建又岂得善罢甘休乎？"

甄氏又说："生逢乱世，民不聊生，兄弟之间，何必苦苦相逼，冤死有才有德之士？"

曹丕的怒气再也无以遏制，说："冤死之人多矣！此乃大争之世，彼竭我盈，彼盈我竭尔！"说罢，便夺门而出。

望着曹丕离去的背影，甄氏心中泛起阵阵酸楚。权力和欲望就像一头噬兽，会把人噬得遍体鳞伤、面目全非。她仍然爱着当年那个鲜衣怒马、只身闯入袁府的少年，但却明白时光不再，自己和丈夫再也回不到从前了。

不料仅过片刻，曹丕又回屋了，改成满脸和悦之色，说："吾思前想后，汝之金玉良言，岂可不听？方才失言，汝不可外泄也。"

甄氏已明白曹丕的用心，坦然说："妾唯求家庭辑睦，绝非两面三舌、搬弄是非之人。五官夫君安心即是矣！"

曹丕搭讪几句，就离开了。甄氏又望着他的背影，只是深长地叹息。

甄氏后来自然又将此事原委，对李夫人和阿秀说。李夫人叹息说："阿妹立身处世，唯以仁爱为念，以正理为本，然而世上能有几人，如阿妹之心肠？杨德祖中计，遭陷害无疑，魏公阿翁乃大智之材，岂有不知？正可借此杀一儆百尔！兄弟阋墙之情已显，虽巧设机阱，用心良苦，实为两败俱伤，自不知日后魏公阿翁如何决断也？"

甄氏和阿秀当然佩服李夫人的见识。阿秀也说："若是世上皆如阿嬛之善心，又少了多少龃龉与冤情！"

曹丕返回城南住宅，私下先找郭姬，仍略带兴奋地详细介绍情况，说："不料杨修被魏公阿翁斩首，亦大快人心！"

郭姬说："五官夫君与贱妾原是料想，魏公阿翁为此必是疏薄或贬责杨修，魏公阿翁此举，实出意表。然兄弟阋墙之情，由此而彰露，五官夫君与子建实皆受损矣！"说完，就长叹一声："此乃贱妾之过也！岂非弄巧成拙乎？"

曹丕失魂落魄地说："然则奈何？"

郭姬说："与其弄巧成拙，不如韬光养晦、抱愚守拙为宜。必持万全之策，凡事谨守'过犹不及'之道，然后待机伺隙而行。大争之世，唯是智者胜！"

曹丕说："亦只得如此，积之以渐，宁为巧迟，不求拙速，亦欲速则不达之理也。"

郭姬通过曹丕的自述，也进一步了解到，甄氏的仁善，已在曹丕心中埋下愤恨的火种，其实可一触即发。她虽然更想瞅准时机，给甄氏致命一击，但眼下要务，是曹丕争位，此事更不能操之过急。

再说曹植回家，立即召来丁仪和丁廙兄弟，备述详情。这对丁氏兄弟而言，也是晴天霹雳，心情沉痛，一时无语。

曹植突然悲声大放："与德祖欢言笑语，尚是隔日。瞬间唯剩血有余温之头颅，却怒目圆睁，岂不摧心裂肺，教我何以立于天地之间乎？"捶胸顿足，泪流如洗。丁氏兄弟也不由得失声恸哭。

三人席地坐着，沉默多时。丁廙似乎有点清醒了，他说："德祖文才四溢，心口如一，而放纵不检。魏公亦以此警诫士人，不得干预家事也！"

丁仪说："若即德祖有谎告之罪，亦罪不至死。依魏公之大智，区区倾陷之拙劣小伎，似不难识破？"

丁廙说："成大事者，须有常人莫可窥测之深机，是也！"

三人沉默多时，曹植痛心地说："吾本非无意于功名，德祖之冤死，吾尚得有意于功名富贵乎？自今而后，自当与尔等息交绝游，若尔等再蹈德祖之旧辙，吾之罪，上通于天。岂有面目，苟活人世也!"

丁仪和丁廙再不说一句话，只是就席上向他行拜手礼，两手撑地，以头叩首。曹植连忙还顿首礼。三人起身，一面流泪，一面互相长揖，从此告别。

曹植受了极深的刺激，从此每天以酒浇愁，经常喝得酩酊大醉，不省人事。曹操几次召见，他都是带着沉醉，勉强拜见。曹操看到偏爱的三子如此模样，心中也有说不出的滋味。曹丕自然心中暗喜。

建安二十年（215），曹操亲自统兵攻汉中。孙权军乘机包围合肥，曹操急命在邺城的曹植率军前往救援，不料成天大醉之中的曹植竟无法受命。

当时曹丕负责留守邺城，而曹彰正在北方与乌桓作战。曹丕又同郭姬商议："我欲随机夺子建兵权，统军南下，如何?"

郭姬说："贱妾闻得，孙权统大兵，号称十万。张文远等将守合肥，仅有兵七千。子建所统兵，亦不过八千，即使前往，恐亦胜负未卜。五官夫君似宜急驰书汉中，告报子建未得出征，欲代之统军前往，求魏公阿翁允准，以示处事恭慎。书中亦不宜指陈子建之过。"

曹丕拍手说："甚宜!"

幸好在合肥的张辽、李典和乐进三将以寡击众，击破孙权大军。在汉中的曹操立即驰书曹丕，表彰一番，又令不须出兵。曹操于建安二十一年（216）二月，回军返邺，对曹植的所作所为，当然很不高兴。但是，当曹丕和曹植出迎时，曹操还是带着笑脸，对曹植并未指责。

曹操后来与卞氏单独召见曹植，三人呈品字形席地跪坐，以示父母与儿子亲情。曹操说："命汝率军赴合肥，乃为孤立功之机，岂得如同儿戏！杨德祖既死，而不得复生，事隔经年。吾儿何苦耿耿在怀，自暴自弃如此？"

曹植反问："魏公阿翁之智计，天下无双，明察秋毫。难道德祖之冤，魏公阿翁竟全无所知？"

曹操说："孤之深谋，吾儿不须知！"

曹植说："既不测魏公阿翁之深谋远虑，此乃儿子无德无能，岂得委以重任？"这句话反倒把曹操难住，无言以对。

卞氏说："子建，汝岂不知父母舐犊之心？"一句话说得曹植大哭起来。

曹操说："子建正值盛年，须奋发有为，建功立业也！"

曹植说："挚友惨死，儿子万念俱灰，岂复有功名富贵之念！"

曹操和卞氏还是把曹植劝勉一番。

五月，曹操晋爵魏王。十月，曹操又一次举兵攻孙权。此回他仍命曹植留守邺城，自己与卞氏、曹丕，还有十二岁的曹叡和十一岁的曹琬同行。曹彰则在北边镇守和用兵。因甄氏卧病，无法随行，曹丕临时选郭姬、徐姬和苏姬三人同行。

曹操和卞氏在临行前，还是单独找曹植作劝勉性的谈话："切望吾儿不负所托，少饮酒，勤于理政。"

曹植心情稍好，说："谨受父母之教。"

曹操启程时，甄氏带病，由阿秀扶掖相送，曹植和妻崔氏自然也在送行者之列。甄氏和崔氏妯娌间，关系一般，并不亲密。

甄氏扶病跪地，行肃拜礼，口称"新妇不孝，不得与魏王阿翁、阿家随行，乞恕新妇之罪"，竟噙泪伏地不起。

卞氏还是被长新妇的真挚所感动，亲自把她扶起，说："魏王与我深知新妇之贤，岂得怪罪！在邺静养，勤进药食。阿明、阿妍乃我心头之肉，新妇足可安心也！"

甄氏说："阿明、阿妍随从阿家，新妇何可忧心！唯祈魏王阿翁、阿家善自保摄，早日凯旋！"

曹叡、曹琬与甄氏自然有一番母子之间依依不舍的离别。徐姬和苏姬，特别是郭姬，更是向甄氏殷勤问候和祝福，说了一番暖心的话。

转眼就至建安二十二年（217）三月。事实上没多少战果的曹操，与孙权暂时修好，率军返邺城。

曹植、崔氏和甄氏自然出来迎接。甄氏与曹叡、曹琬有半年不见。这是两个孩子第一次离母生活，只觉得度日似年，日子过得太长太长。重新看到健康活泼的一对子女来到自己面前，听到两声亲切的"阿母"，甄氏激动得挂下泪花，与他们亲切拥抱。

甄氏跪在泥地上，向曹操和卞氏恭行顿首大礼，说："新妇恭迎魏王阿翁、阿家，叩谢精心抚育阿明、阿妍之大恩！"

卞氏把甄氏扶起，看到三十六岁的新妇病容全消，虽略显色衰，却肤色丰盈，也十分高兴，问道："新妇不愁思阿明、阿妍乎？"

甄氏说："阿明、阿妍奉侍阿家，时得好报，新妇又复何忧？"

她又向郭、徐、苏三姬亲切问候，深表谢意。事实上，经半年相处，曹叡和曹琬对郭、徐、苏三姬，特别是对郭姬，也很亲热。一时显得家庭亲睦。

然而到夏天，曹家又出两件事。一是曹植任性放纵的积习不改，有一回，不顾禁令，坐车行"驰道"，开魏王宫司马门出行。曹操大怒，杀了公车令，又把曹植训斥一顿。二是崔氏违令，穿刺绣衣裳，曹操素来不喜崔氏自恃名门之女，骄奢过度，竟把崔氏赐死。曹植与崔氏还是相当亲热，自然引起父子间的龃龉。

八月，六十三岁的曹操感觉立世子的迫切性，不容再拖。尽管他和卞氏一直还是偏爱曹植，但曹植的表现，却又使他犹豫不决。于是，他以魏王的身份，发下密函，致十多个亲近的文臣，要求他们对世子的问题"畅所欲言，孤当虚伫"。他收到的回复，多数人还是主张按礼法，立嫡长子，而少数人持异议。

曹操又想起谋臣贾诩，贾诩深思多时，不作回答。曹操说："与卿言，而不答，何也？"

贾诩说："下官有所思。"

曹操问："卿所思何事？"

贾诩说："下官思刘景升、袁本初父子也。"他巧妙地以刘表和袁绍的近例为喻，令曹操哈哈大笑起来。

曹操最后还是同卞氏密议。卞氏说："此事妾亦思之久矣。子桓恭谨而稍伪，子建任性而示真。且不论二子之长短，妾再三思之，若立子建，置阿明于何地？此嫡长孙乃魏王与妾所钟爱，况有贤新妇教育，可治天下，以永保魏祚。"

曹操不由拍手，说："夫人之说是也！"世子问题就此决定。

曹操和卞氏召见三个儿子。为了显示家庭会议的亲近，五人席地跪坐，曹操和卞氏坐北面南，曹丕、曹彰和曹植坐南面北。

曹操先说："孤经营天下，东征西战，年逾六十，世子之位，不可不定。孤博询众议，以为当以刘景升、袁本初父子之事为戒，依礼法，以立嫡长为宜。尔等以为如何？"

曹丕听后，心中暗喜，但不便说话。

倒是曹植立即表态："世子之立，自须依礼法为宜。儿子久无功名富贵之念，自当敬从长兄。"

曹彰与曹植感情颇好，两人其实心中都不喜长兄，按他本意，既是父母宠爱三弟，自己显然没份儿，也就愿意拥立三弟为世子。但经曹植一说，他就不能再持异议，只得勉强说："魏王阿翁与子建之说是也！"

曹操没想到两个儿子如此爽快地依允，也十分高兴。

卞氏当然也多少了解三个儿子之间的关系，就抬出甄氏和曹叡，以疏解曹彰与曹植内心的抵触情绪。她说："汝等所知，嫡长孙阿明聪慧可爱，又得贤新妇抚育教诲，长大成人，可保魏祚绵长，天下乂安。"

曹彰与曹植虽不喜长兄，却都尊敬甄氏，喜欢曹叡。曹彰立即说："长嫂大贤大德，阿明成人，必有大治之才也！"

曹植也附议二哥之言："子文之说甚是！"

曹丕从母子三人的对话中，也进一步明白，甄氏在他占取世子之位时的分量和作用。

曹操听到二子的表态，心中大喜，但他还不得不进一步做出叮咛："兄弟阋墙，古人所戒。自今而后，尔等尤须念手足之情。子桓既为世子，尤宜钟爱二弟，子文与子建亦须尊敬长兄，家庭亲爱，此魏祚之本也。本既正，必可枝繁叶茂矣！"

曹丕马上说："儿子当敬遵父母之命，钟爱子文与子建！"

曹彰与曹植也说："恭依父母之命，尊敬子桓！"

曹操自然为兄弟辑睦而高兴，卞氏说："子桓且先退下！"

曹丕明白，母亲准备进一步劝慰两个兄弟，就辞别而出。

曹丕出厅堂，走不多少，迎面看到议郎辛毗出来。辛毗，字佐治，颍川郡阳翟县人，原是袁绍属下，与曹丕交好。曹丕此时已抑制不住狂喜，用手抱住辛毗的颈脖，说："辛佐治知我喜否？"接着就说了原委，辛毗自然表示"恭贺世子"。

曹丕又来到甄氏房中，满面笑容，亲昵地搂抱甄氏。甄氏感觉异样，丈夫已经多年没有这种动作了。她含情望着曹丕，等他说话。曹丕说："今日魏王阿翁、阿母与吾兄弟面谈，封吾为世子矣！当为吾贺也！"

甄氏自然也向他表示恭贺，却又用温和而恳切的语调回答："依贱妾之愚见，此事可忧，而不可贺也。如今天下三分，战乱未休，流血不止，重征横敛遍天下，生民命如倒悬。世子夫君既身任天下之重，尤须以如临深渊、如履薄冰之心，效学勾践卧薪尝胆，励精图治，措天下于泰山之安。得民心者得天下，失民心者失天下，此古人所训。窃愿世子夫君谨记之！"

曹丕心想："不料仍是迂腐之至旧说，扫兴之至！"他立即放开拥抱的双手，脸上完全无法收敛不悦之色；却只见甄氏仍然用深情而期盼的目光，凝视自己。是呀！毕竟还是有着多年夫妻之情，甄氏也不可能忘却初婚时的甜蜜，难舍儿女情长。

曹丕立即想到自己世子之位的巩固，还须仰仗甄氏，马上换一副面孔，对甄氏虚与委蛇，敷衍几句，就离开了。甄氏望着丈夫的背影，不由得发出深长的喟叹！

此后，甄氏与李夫人、阿秀私谈。说到此事，李夫人说："阿妹之言，发自肺腑，情深义正；而世子夫君所念，唯求早登大宝。彼此之情怀，如秦越之阻隔，岂可通也！阻隔益深，他日世子夫君登大宝，窃恐皇后之尊位，阿妹不可得也！"

甄氏说："我既不惮发此语，则唯求义理之正，而不求尊位之荣也。"

阿秀问："魏王既爵位封王，人臣之极矣！汉帝乃世子之妹夫，何得占取皇位？"原来曹操杀汉献帝皇后伏寿，又先后将三个女儿曹宪、曹节和曹华，送给汉献帝，都为贵人。后汉宫中，贵人地位仅次于皇后。曹节接着充皇后。

李夫人说："魏王阿翁自称愿为周文王，则世子为周武王，以替汉祚。况世子称帝之凤愿，早已急不可耐矣！"

阿秀说："然则阿嬙既生嫡长子阿明，正妻之位，如何可动摇？"

李夫人叹道："万事无可逆料也！"

甄氏说："人生在世，荣华富贵如浮云。我不求阿明他时为九五之尊，唯愿此子为长安一布衣，得以温衣饱食，足矣！"她接着长叹一声："然而天地之间，得以温衣饱食者，又有几人？天下苍生之苦，又何可言也？"说完，又流下泪来。

李夫人动情地说："阿妹真心服膺孔墨之道，何人堪比？可敬可爱之至！可惜吾等皆苟全性命于浊世也！"

曹丕回到城南家宅，当然首先向郭姬报告特大喜讯。郭姬立即在席上行肃拜礼，说："贱妾恭贺世子夫君，窃愿他日取代汉祚，早登大宝！"

曹丕眉开眼笑，说："知我者，唯汝也！"

郭姬说："如临深渊，如履薄冰，甄夫人之言是也。世子之立与废，只在魏王阿翁一念一言之间。自今而后，世子夫君尤须小心恭慎，更加于前矣！"

曹丕发出会意的笑声，说："自后尤须汝出谋划策，辅我之不逮。"

郭姬说："贱妾何德何能，倘得裨补世子夫君之万一，亦荣矣！"

两人精神亢奋，竟嘀咕到半夜。曹操还活着，按照古代的孝道，当然必须恭祝父亲健康长寿，讳言父亲的身后事。但两人此时得意忘形，已根本不忌讳什么是孝道，就是私密畅谈曹操死后各种安排和打算，真恨不得他能马上就木。商量的重点，就是如何对付曹彰与曹植两个亲兄弟，又是典型违犯古代所谓悌道，曹丕也根本不忌讳白天所说"敬遵父母之命，钟爱子文与子建"之旦旦信誓。

郭姬说："必先去其羽翼，丁仪、丁廙兄弟，乃眼中钉也！"

曹丕说："丁氏兄弟自杨修死后，已与子建息交绝游，况其父与魏王阿翁交谊甚深，何理杀之？"

郭姬说："斩草不除根，逢春必发。臣罪当诛，而天王圣明者，顺矣！可将其全家男口悉诛，女口悉留，以示天子宽恩，而断子绝孙，逢春必无萌矣！"

曹丕赞叹说："此言甚是！"

绝顶聪明的郭姬透彻地理解和把握了曹丕，什么事都会畅言无忌，但是关于甄夫人，她自认为是首要敌手，却绝无只言片语。

再说辛毗，他回家后，对女儿辛宪英说及此事。

辛宪英也是个有见识的才女，她叹息说："魏其不昌乎！"

辛毗反而不解，问道："汝何以有此说？"

辛宪英说："良禽择木，良臣择主。阿翁不幸身处乱世，初事袁本初，非其主，复事魏王。太子，代君主宗庙、社稷者也。代君者，不可以不戚；主国者，不可以不惧。本宜戚戚然，栗栗然，却欣欣然，至喜之欲狂，何以能久？魏祚不永，可预卜矣！"

辛毗感慨多时，只是叮咛女儿说："此语出汝之口，入父之耳，万不可外泄也！"

十月，汉献帝正式发表，以五官中郎将曹丕为魏太子。

六、玉殒邺宫

建安二十四年（219），蜀汉驻荆州的大将关羽北伐，起初连打胜仗，后在曹操和孙权两方夹击下，败亡，吴占荆州。

建安二十五年（220）正月，曹操率军回到洛阳，很快病死。当了四年太子的曹丕，终于熬到久已期盼的一天。当时太子曹丕镇守在邺城，而鄢陵侯、行越骑将军曹彰统军在长安，临菑侯曹植随同父亲。曹操得重病后，立即召曹彰到洛阳。曹彰统军来到洛阳时，曹操已去世两天。

曹彰闻知死讯，立即换穿斩衰孝服，他下马，步入洛阳北宫，迎面正遇谏议大夫、兼掌军计的贾逵。贾逵是河东郡襄陵县人，字梁道。

两人相会礼毕，曹彰问："先王之玺绶何在？"

贾逵说："太子在邺城，国有储副。先王之玺绶，则非君侯所宜问也。"

曹彰碰了钉子，倒也不以为意。曹植临时在武功殿办事，听说二哥前来，急忙出迎。两兄弟会面，都悲伤不已，在厅堂席地对坐。

曹彰说："先王召我率军来此，是欲立汝也！"

曹植说："非也！长幼有序，父母早有明谕，况何忍阿明乎？"

曹彰说："子建恢宏大度。我所忧者，子桓心胸狭隘，不能容我兄弟耳！"

曹植说："初立太子之时，子桓已有明誓，料无妨也。兄弟不可阋墙也。"

曹彰说："子建不听吾言，窃恐吾等后悔有日！"

两人正讨论间，有属官来报："王太后下令，太子即魏王位，大赦！"

曹彰立即改变态度，说："既有母命，岂可不从？吾等若有二三，先王尸骨未寒，何忍再教太后伤心？"

曹植说："子文之言是也！"

两人商量好，决定第二天启程赴邺城。曹彰率所统三万将士，曹植率原来曹操所统的二万将士，由贾逵专带魏王玺，并护送曹操棺椁，向邺城进发，并且事先通报魏王曹丕。大军抵达邺城西，暂驻金明门外，两兄弟和贾逵轻车简从，径奔城北魏王宫。魏王宫无非是原袁绍宅和曹操宅的更名，稍加装修而已。

曹丕接连得报，说曹彰和曹植统军前来，内心惶恐不安。直到得知他们仅轻车简从而来，方才略为安心。曹彰和曹植全身孝服，合坐一辆大安车，后面是贾逵，也坐一辆安车，到魏王宫前下车。

曹丕身穿孝服，却还是不忘身上佩剑。宫门外排列全副武装的甲士。曹彰和曹植下车，身上却没有佩剑，两人上前，立即口称："臣彰、臣植拜见魏王殿下！"在泥地上下跪，行顿首礼，后面的贾逵也行顿首礼。曹丕喜出望外，把三人扶起，也还以揖礼，说："汝等车马风尘辛劳，孤深致慰问！"

众人进入新命名的宸极殿，大家脱靴，兄弟三人抱头大哭，为父亲哀悼。曹彰和曹植命随从向曹丕上交统军的印符，贾逵也向曹丕上交曹操的魏王玺。曹丕哭丧的脸上，还是忍不住露出一丝微笑。

曹丕与三人在殿上席地而坐，曹丕面南，三人面北。曹彰和曹植在口头进一步表态："先王新丧，殿下执掌江山，甚为艰难，臣等当遵依父母之命，勉力伏侍殿下！"

曹丕激动地说："卿等兄弟情重，孤岂敢忘！"

彼此谈了一会儿，曹丕亲切地说："子文、子建可去后殿，以慰王太后。汝等鞍马劳顿，将息数日，上朝之际，自当位列众卿之上，以示兄弟情亲而位尊。"曹彰和曹植当即起身离开。

曹丕留下贾逵，盘问情况，看看两弟有何把柄。贾逵略知兄弟有隙，但不愿参与其中谋利，言语谨慎，有意对曹彰问"先王之玺绶"一事，避而不谈。曹丕眼看没什么可谈，就打发贾逵下殿去。

曹彰和曹植来到后殿（此时已取名慈安殿），脱靴而入。只见卞氏居中坐席，甄夫人和曹叡、曹琬也席坐作陪。彼此相见行礼后，寒暄几句，大家未免落泪。

唯有曹彰略开玩笑地说："臣彰参拜王后、太子殿下与公主！"

甄夫人说："子文，彼此有弟嫂、叔侄之亲，何出此言！"她拉着曹叡和曹琬，离开慈安殿。

留下母子三人私谈。卞氏说："方忧先王辞世，或有二三，汝等不食所言，尊礼长兄，甚慰我意。汝等之长嫂贤德，堪称世间第一，自先王辞世以来，终日与阿明、阿妍相伴劝慰，跬步不离。唯有魏王到此，她即时回避，以妇道不与政事也！幸有此新妇，差可自慰！汝等前来，亦即时回避也。”

曹植说：“长嫂，乃正妻也，何不乘时立王后？”

卞氏说：“我已与魏王言及，魏王以即位匆促，正议废汉之后，方拟立后。”

曹彰说：“为子者，当三年不改父之道，何故如此急遽？况汉帝有妹夫之亲乎！”

卞氏说：“既即王位，此事由不得汝矣！况先王在世，已有愿为周文王之言，此事亦顺理成章、顺水推舟也！”

曹植说：“为先王行三年衰麻哀毁之时，如何行废汉立魏之庆典？违悖礼法矣！汉祚四百年，魏王位极人臣，幸不啻足。我愿为汉臣，伏侍汉帝妹夫，足矣！”

曹彰也说：“我亦愿为汉臣，足矣！”

卞氏也无言对答。

曹彰和曹植陪同卞氏说了些话，就告辞，出魏王宫，各自回家。曹彰在邺城也另有住宅。

曹丕踌躇满志地来到慈安殿，拜见卞氏，主要是想了解曹彰和曹植说些什么。几天以来，他忐忑不安者，是怕两个弟弟拥兵前来夺位。既然乖乖交出兵权，立时成为光杆，又有何惧？自己如今已成天不怕，地不怕，为所欲为的魏王。

母子相见后，相对坐席。曹丕说："二卿弟前来，足慰王太后思念。"

卞氏说："子文、子建恪守前言，拥戴魏王，令我心慰也！"

曹丕说："是也！二卿弟另有何说？"

卞氏不愿说两兄弟对废汉帝的非议，怕又影响兄弟亲情，只是说："子文、子建见新妇奉侍，孝心辛苦，以为当乘时立王后矣！"其实是想借两兄弟之口，重申自己的前议。

曹丕感觉现在已是可以向母亲坦白的时机，说："此是孤家事，何须二卿弟置喙！"

卞氏听到"置喙"两字，当然很不舒服，说："我亦早与魏王言，须乘时立王后，殿下二卿弟建言，无非尊爱王兄也！"

曹丕说："孤早昔不敢言，如今王权在手，不妨与王太后直言，孤与甄氏不和，积有年矣！甄氏不当立后也！"

卞氏简直气昏了头。但她立即明白，长子夫妇多年来早已不和，儿子只为抢夺太子位，只能隐瞒，新妇遵守妇道，也只能隐瞒，竟隐瞒了父母多年，曹操和自己竟完全不曾觉察。但卞氏也有怒不变容的机智，她沉思片刻，用平和的语调说："阿明者，先王与我所钟爱，不立甄氏，又置阿明于何地？阿明为嫡长子，年已十五，难道竟不立太子？"

曹丕说："孤嫌甄氏，而爱阿明。立太子一事，迟议十年、二十载，又有何妨？"

卞氏问："新妇贤德，有何过失？"

曹丕一时无话可说，想了一会儿，说："甄氏动辄持迂腐之说，全然不通权达变之道。"

一句话，使卞氏立即猜透了曹丕夫妇不和的根由，也猜透了郭姬在其间的作用，但她决定绝不提及郭姬，说："先王曾有言晓谕，新妇德、才、貌兼备，人世第一奇女子！魏王有此妇，乃人生大快事，切不可稍有嫌薄之意。其遗训犹在！"

曹丕到此地步，也不容退缩，他干脆说："先王在世，须遵先王之旨；如今孤在位，自须遵孤之旨也！"

气得卞氏再也无话可说。曹丕向卞氏告辞，就阔步退出慈安殿。

翌日，甄夫人又带着曹叡和曹琬，前来慈安殿，向卞氏请安。卞氏就教曹叡和曹琬退出，自己单独和甄氏密谈。她不提昨天曹彰和曹植关于以魏代汉的议论，只是详细交代了曹丕兄弟三人关于立王后的言谈。

甄夫人的态度十分平静，只是简单说："此事亦在新妇意料之中，而非意料之外。妇道贵于从夫，何况魏王乎！新妇自来曹门，蒙先王阿翁、阿家深宠厚爱，幸不啬足，自当安分守己，听天由命也！阿明不立为太子，亦当遵从王命，不失富贵一身。此与饥寒交迫平民之子相比，不啻天壤，何怨之有？"

她平静的话，反而使卞氏忍不住涕泗满面，泣不成声。甄夫人并不落泪，只是好言劝慰阿家。

卞氏又问："新妇与众姬妾如何？"

甄夫人也猜到阿家意在郭姬，但她认为无法说，只是李夫人有猜测，却也没有任何凭据。她说："新妇恪守妻道，以厚道善意待人，彼此和睦相处，从不言众姬妾之三长两短，此阿家所知也。"

卞氏不由发出长叹："此曹氏之不幸矣！事已至此，我亦爱莫能助，哀哉！"

甄夫人又劝慰说："阿家但当安心静养，怡然乐世，此事阿家不宜烦心也！待新妇唤阿明、阿妍前来，陪伴阿家。"她走出慈安殿，又带着曹叡和曹琬回来。

此时，卞氏也收起了泪容，让两个孙儿女承欢膝下。

再说曹丕离开魏王宫，回到原来的住宅。本来，他当魏王后，应当率众姬妾搬进城北魏王宫。但郭姬建议，反正不久要去洛阳建都，一动不如一静，只是将原宅也临时挂匾"魏王宫"，并增强宫禁。

曹丕现在的习惯，有要事就只找郭姬密谈。他详述了今天的情况。最使郭姬兴奋的，当然是关于立王后的讨论，但她绝不露一丝喜色。

郭姬想了一下，就问："魏王命二卿弟立朝，有何深意？"

曹丕说："尊其位，以示兄弟之恩；无其权，位于朝，以便监控。"

郭姬说："若二卿弟恃势，日后于魏王之施政，二三其辞，不知魏王何以处？动辄待如众卿，加以刑罚乎？不施刑责，则无威；加以刑责，则伤恩。"

经郭姬提醒，曹丕也觉得言之有理，就问："然则奈何？"

郭姬立即说了自己的谋划。曹丕却感觉犹豫，说："且稍待时日再议，先王辞世日短，如此岂不伤王太后之心，孤亦岂不自食其言矣！"

郭姬说："大丈夫当断不断，反受其乱，凡事不得有利而无弊，两害相权取其轻而已。贱妾恭请魏王殿下三思。"

曹丕沉思片时，就说："孤意决矣！"

曹彰依曹丕之命，在家休息。到第三天，刚用完早膳，突然有家奴报告："今有偏将军鲁宏率甲士，排列宅前，欲拜见鄢陵侯。"

曹彰跪坐厅堂床上，只见鲁宏全身甲胄，腰悬佩剑进来，下跪，行顿首礼，然后递上一枚竹简，家奴取来，交给曹彰。

只见竹简上确是曹丕亲笔："鄢陵侯即日就国，违命者，斩！"

他一时气得七窍生烟，说："我方到邺城，奉魏王命在家休息，日后在朝中叙列，坐未暖席，何得出尔反尔？"

鲁宏只能跪着哀求，说："下官唯是奉魏王之命，身不由己。魏王严令，若不得以四百甲士，即日护送鄢陵侯全家，前往本县，下官全家，不分男女老幼，悉予斩首！"言下之意，自然是将曹彰全家武装押送到颍川郡鄢陵县（今属河南）。说完，鲁宏顿首不止。

曹彰长叹一声，心里骂道："子桓原是狼心狗肺者，若子建早听我言，何至于斯！"

他说："我当保全汝命！然临行之前，须与王太后辞行，亦与吾弟临菑侯一叙。"

鲁宏还是跪着说："魏王早有旨，不须与王太后辞行，亦不须与临菑侯一叙也！"

曹彰说："待我书二短简，汝交付王太后与临菑侯。"

鲁宏还是跪着说："魏王早有旨，鄢陵侯若有书简，不得传送！"

曹彰气得当场就把曹丕亲笔竹简一折两半，扔在地上，但也只得命令全家收拾行李。鲁宏早备下好几十辆车，装载曹彰全家人和物件。

鲁宏乘别人不注意，凑近曹彰的耳朵说："下官位卑力微，尚有心肝，当善待侍奉鄢陵侯，绝不乘机挑拨离间，以谋利也！鄢陵侯之折简，下官乘人不备，已焚之矣！"曹彰也只是用眼神表示谢意。

曹彰和他的家人就如此出邺城，前往鄢陵县。到达以后，鲁宏任监国谒者，仍然奉命守卫鄢陵侯宅，实则监视。但他还是恪守诺言，没有出首告发曹彰。

与此同时，另一偏将军灌均，也带着四百甲士，向曹植出示相似的曹丕亲笔竹简，以"临菑侯就国"为名，将他全家押往齐郡临菑县（今山东淄博市临淄城北）。曹植内心的痛苦可想而知，此后就成天纵酒，酒醉之余，不免发些牢骚。任监国谒者的灌均向曹丕报告。曹丕就以"醉酒悖慢，劫胁使者"的罪名，将曹植由县侯贬为安乡侯。

但安乡作为临菑县的一个乡，所以曹植仍居住原处。

晚至十月，传来曹丕以魏代汉的正式通报，又讹传汉献帝因此遇害。曹植胸中抑郁悲伤，竟大哭一场。自从正妻崔氏被杀，曹植又在众妾中另选卢氏为正妻。卢氏也是出身名门，给失意的曹植带来不少慰藉。

曹植同卢氏商议说："大汉先帝乃吾之妹夫，久知阿妹三人皆与汉帝亲睦，又不知三妹遭遇如何？吾欲率全家吊祭大汉先帝，以表臣心。"

卢氏说："如今全家人虽仍锦衣玉食，而在幽闭之中，不得自由。若为此举，窃恐不利矣！"

她想了一会儿，又说："不表此心，窃恐乡侯夫君意不得平。不如先为官家上一受禅贺表，然后再行吊祭之礼。庶几两不失礼也！"

曹植说："亦唯有此议矣！"

曹植才思敏捷，立即在竹简上书写贺表，顷刻而就。然后命家奴召灌均前来。

灌均表面上还是对安乡侯恭敬有礼，下跪行顿首礼。曹植说："欣闻魏王受汉帝之禅，身登大宝，今有贺表一简，以表为臣庆贺之意，敢请谒者，为我传送官家，不胜大愿也！"

灌均当然只能说："敬受命！"他取过竹简，再次顿首，然后离席穿鞋而去。

灌均走后，曹植当即率领全体家人，在庭院设香案，供祭品，下跪行礼，遥祭汉献帝："遥闻大汉天子不幸龙驭宾天。臣植泣血，以戴罪之身，五内崩摧，谨备薄奠，恭致哀悼，伏惟尚飨！"致敬尽哀而罢。

事后，灌均当然将两件事都传报官家。但曹丕也没有因此而对曹植追加处分。

再说，在押送曹彰和曹植上路的两天后，曹丕又下旨，将右刺奸掾丁仪和黄门侍郎丁廙全家男子，包括家奴，共计八十八口，全部押赴邺城东西大道的中心，也就是距魏王宫正南前不远，全部处斩。丁仪和丁廙死到临头，哭骂声不绝。此事又成震动朝野的大新闻。

曹丕办完这三件要事后，才去拜见王太后。甄夫人还是带着曹叡和曹琬，在慈安殿陪伴卞氏。她看到曹丕进殿，就略说几句，同一对儿女离殿。

曹丕也略说几句请安的言语，就进入正题："启禀王太后，二卿弟已前往鄢陵与临菑就国，行色匆遽，未得与王太后恭致拜辞，由孤代行此礼！"说完，就向卞氏行拜手礼。

素来怒不变容的卞氏，此时也无以控制自己的感情，满脸愠怒，气得一语不发。

曹丕只当没有看见，继续说："丁仪、丁廙兄弟，自恃其父与先王旧交，离间兄弟之欢，罪不可赦。今已将其全家男口，皆处斩刑，以作为臣不忠之戒矣！"

卞氏发怒，忍不住说："自杨德祖处死，丁正礼、敬礼兄弟已与子建息交绝游，人所共知。不意魏王竟不容其生，又教其无后，何其忍也！亦不知魏王他日拜先王于地下，当何以为言！"

说得曹丕一脸尴尬，无以对答，双方都不再说话。最后曹丕只能告辞，退出慈安殿。

卞氏吩咐，召甄夫人上殿，但不要带一对儿女。不一会儿，甄夫人应召回殿。

相见礼毕，卞氏命令宫婢们退殿，自己和甄夫人密谈。她把刚才和曹丕的谈话情况，告诉甄夫人。甄夫人望着阿家的怒色，一时真不知该说什么。

卞氏问："子文、子建与丁氏兄弟之事，新妇可知否？"

甄夫人只能老实回覆："新妇亦方闻知，而今日不敢告报王太后，恭请王太后恕罪！"说完，就在席上行肃拜礼，以示谢罪。

卞氏长叹一声，说："我已测知新妇贤孝，知而不敢告报也！"

两人又沉默一阵，卞氏又说："今日与新妇密谈，新妇之委屈衷私，可尽情告我，出汝之口，入我之耳，不外泄也。"

甄夫人叹息说："教新妇如何言？魏王与新妇虽有不和，委实并无一回口角也！"

卞氏说："事已至此，待我先言。"就把曹操和她密议立世子的过程，和盘托出，最后叹息说："如今新妇须知，魏王得以继位，新妇与阿明功不可没，真功臣也！"

甄夫人就把从九年前的铜爵台喜庆宴晚，夫妇感情开始破裂的事开始，简单叙述一下，平淡地说："事已至此，先王不幸辞世之后，魏王即从未入新妇之居。新妇别无他求，唯求与世无争，苟活一世而已。"

卞氏咬牙切齿地说："我亦唯是哀先王征战一生，立此基业，而成就一逆子矣！若是付托子建，唯是纵酒任性而已，何至于此！此曹氏之大不幸矣！"

甄夫人听到"逆子""大不幸"之说，特别感觉震惊。她恳切地劝慰说："王太后如今须安养贵体，心平气和，以保子文、子建平安为重也！"

卞氏说："新妇之说是也！"但平时怒不变容的她，还是克制不了自己的感情，竟沿席膝行上前，抱住新妇，大哭起来。甄夫人到此地步，也只能收敛自己的感伤，对阿家劝慰一番。

　　由于成天忙于陪伴卞氏，甄氏与李夫人、阿秀一时无法密语，好不容易找到一个三人相聚谈天的机会。尽管甄氏和李夫人会见稀少，但阿秀与李夫人往来较多，有的情况，李夫人也已知情了。

　　尽管如此，李夫人还是感慨地说："依我之见，魏王登位，及如今之作为，郭姬功不可没。阿家非不测知，亦是无凭无据，有口难言，故不与阿妹言及也。"

　　甄氏也感慨说："女子自来命薄，阿家亦是侍奉先王，功不可没。身登王太后之位，备极尊荣。如今须为保全子文、子建，愁思终日，不得安养也！"

　　阿秀说："阿明为魏王嫡长子，但愿他日得以立为太子。"

　　甄氏说："我万念俱灰，唯求阿明、阿妍平安一生，暖衣饱食，足矣！"

　　李夫人表示同意，说："荣华富贵，原是天上浮云耳！"

　　阿秀说："五年前，阿明、阿妍随先王出征，郭姬沿途伏侍甚周，故阿明、阿妍与郭姬甚亲。"

李夫人说："郭姬为人，诡计阴毒，秘不示人，不留蛛丝马迹。阿明、阿妍与郭姬甚亲，自当听之任之，二人尚幼，此亦保全之道也。"

甄氏说："阿姐所言甚是！"三人就此立一条规矩，决不在曹叡和曹琬的面前，说郭姬任何长短，其实也没有任何凭据可言。

曹丕接下来的大事，自然是要十分体面地废汉帝，自己当皇帝。七月，他正式下令，并且带头脱去为先王曹操服丧的孝服，准备前往祖籍谯县，以显示衣锦还乡的荣光。

下令的当天，卞氏大怒："如此逆子，世上少有矣！"她不管魏王的命令，还是身穿斩衰丧服。

甄夫人还是照常穿齐衰孝服，带着也穿齐衰孝服的曹叡和曹琬，前来慈安殿请安。卞氏看了他们的服饰，已明白一切，吩咐宫婢说："传我之令，甄夫人与阿明、阿妍依旧服丧，以尽孝思！"

甄夫人明白，卞氏的命令是为保护自己和一双儿女。她和曹叡、曹琬跪席行礼，口称："谢王太后成全孝思！"

卞氏仍然盛怒不止，她教曹叡、曹琬和宫婢们退殿，然后和甄夫人促膝密谈。

卞氏悲愤地说："先王在世，似恭敬有礼，孝道备至，原来竟如此！"

甄夫人拘于妇道，简直无以应对，只能向阿家连行肃拜礼："恭请阿家息怒，怒极伤身，亦无济于事耳！此亦新妇之过也！"

卞氏说："新妇贤孝，又有何过？"

正说话间，殿门外传来宫婢的喊声："魏王驾到！"

卞氏更加怒不可遏，说："可教魏王换着斩……"

"衰孝服"三字尚未出口，跪坐正南面北的甄夫人急忙用眼神向阿家示意，又举手胸前，向卞氏摇手。

卞氏清醒了，马上改口，说："请魏王进殿！"

曹丕进殿，甄夫人已经起立，向魏王作揖，曹丕只是微微点头。甄夫人当即告辞退殿。

曹丕就大致坐在甄夫人原来的席位，行礼毕，卞氏虽然已收敛怒色，但望着曹丕一身华丽的盛装，心里就有气，只能默不作声。

曹丕说："群臣上表劝进，言如今诸多祥瑞荐臻，正为兴魏代汉之征，咸劝孤早登大宝。"

卞氏不作回答，如前所述，她本是赞成曹丕当皇帝的，现在反而变得十分反感，心想："尔先王之丧，仅及半载，如何又现诸多祥瑞荐臻？分明是尔授意，而求新帝恩宠之辈，纷纷希旨，舞文弄墨而已！"

曹丕又说："孤此回前往谯县，亦是因故里父老乡亲之联名上书，恭请孤往，乃故里之荣光也！"

卞氏问："魏王何时启程？"

曹丕说："今已六月下旬，孤拟于七月。阿明、阿妍亦未尝到过谯县，应与孤同往，以知故里风光。"

卞氏说："阿明、阿妍遵我之命，丧服在身，有所不便。况如今唯有新妇母、子、女三人晨昏定省，稍慰我之哀思，请魏王免二兄妹一行，他时定有返故里之日。李夫人亦可留王宫。"

曹丕说："谨从王太后之命。"

卞氏说："料得新妇亦是不便同行，不知魏王于众姬妾中，命何人同往？"

曹丕说："孤命众姬妾同往，令其观赏故里风光。"

卞氏说："魏王二弟乃亲骨血，一别数月，我甚思念，何不命二弟来此，随魏王同往。"

这当然是曹丕绝不可能同意的，因为武装押解曹彰和曹植"就国"的详情，至今仍向卞氏隐瞒，甚至曹植从县侯贬为乡侯，也没有告诉卞氏。如果两人回邺城，势必戳穿真情，给自己带来麻烦和难堪。他想了一下，决定不置可否，告辞退殿。

卞氏望着曹丕的背影，恨得咬牙切齿。她现在唯一能够得到劝慰的，也就是甄夫人。

七月，曹丕率一万人马，前往沛郡谯县。尽管尚未废炎汉，但已按古时五行之说，所谓以土德取代火德，决定服色尚黄，建大赤之旆。曹丕头戴冕旒，垂十二旒，跪坐车使用六马，驾金银车，或名桑根车，意即桑色黄如金。一行仪仗，备极尊荣。

沛郡太守、谯县令等地方官，早早就在道旁迎候。临时装修的魏王行宫，收拾和装饰一新。曹丕入县城后，就入住行宫。

次日，最主要的活动，就是在城东大飨六军和父老。其实，在战乱之余，谯县人口只剩下数千人，有幸参加此次魏王大飨的所谓父老，就不过近二百人，只是护卫将士的一个零数。但也一时不可能有那么多席子。从行的兵士，只能坐地而食。当地好不容易凑了几百张席，只能供官员和部分父老坐席就食。还有很多衣衫褴褛的人，则在坐食者旁边乞求残食。

主要的节目，是官员和父老纷纷举酒碗，轮流上前，为魏王祈福上寿，盛赞魏德，恭请魏王称帝，造福天下，热闹非凡。也有人喊"万岁""魏王万岁""吾皇万岁"或"恭祝魏官家万寿无疆"。当时，"万岁"和"万寿无疆"

还只是欢庆口号，两词成为皇帝独享，大致是到七八百年后的宋代，方才定型。又另设伎乐百戏，各种表演，炫目震耳。大飨从午到晚，魏王退席回行宫，人们才纷纷散去。曹丕踌躇满志，与众姬妾回行宫休息。

一夜刚过，却有随从向曹丕递交一份粘贴行宫门的揭帖。曹丕只见帖上用秦篆写道：

> 奸雄得逆子，废衰、斩于旬日之间，释麻、杖于反哭之日。处莫重之哀，反设飨宴之乐；居贻厥之始，而堕王化之基。魏祚其永乎？

曹丕不料受此毒骂，气得把揭帖撕个粉碎。

坐在其旁的郭姬，却吩咐随从把碎纸片捡起，用心拼接，另用纸粘贴复原，说："如此逆竖，自须碎尸万段！"

曹丕于是传令，把揭帖交付沛郡太守、谯县令等地方官，限三日之内，搜索出逆犯。

这当然出了个不可能完成的指令，当时距离秦朝已四百多年，很少人会识秦篆，至于辨认笔迹，更是全无可能。太守朱酉愁得没法可想，召集全体郡官和县官会商。谯县令曹晌是曹丕远族，他凑在朱酉耳边，絮叨片时，朱酉点头，说："事已至此，亦只得如此矣！"他向县官们作了布置。曹晌的妙计，无非是中国古来官场沿袭已久的瞒上不瞒下，众县官为了保官位，也只得依此行事。

曹丕本来是准备大飨后的第二天，就启程回邺城，现在只能在行宫中闷坐，也没有出外观览的兴致。

到了第三天，朱酉率领全体郡官和县官参拜曹丕，大家先跪地顿首谢罪，然后朱酉跪着口奏："罪臣朱酉恭奉圣教，不敢懈怠，遍查沛郡，因年代久远，可书秦篆者，唯一十九人，而谯县竟一人亦无，皆是老朽，在家喘息，是日未至谯城。事已至此，皆臣等之罪，今唯有恭请魏王明谕矣！"

曹丕竟气得目瞪口呆，一时说不出话来。在旁的郭姬却说："大魏方兴，不得容妖人胡言，胡不将此一十九人馘首示众，以儆效尤！"

曹晌论辈分，算是曹丕的族叔，他跪奏说："罪臣启奏，大魏方兴，须召和气，以兴祥瑞，将此一十九人馘首示众，必有冤抑血光之厄，窃恐不利于召祥和之气，恭请魏官家明察也！"

曹丕还是说不出话，朱酉又跪奏："官家圣明，容罪臣等此后用心察访，若他日擒获此逆贼，自须碎尸万段！"

曹丕万般无奈，只能把手一挥，说："孤且免众卿之罪，日后须用心察访，追查逆竖！"众人总算松了口气，向魏王谢恩。

曹丕也在当天，憋足了满腹气恼，败兴回邺城。

汉献帝自从皇后伏寿被杀，就只有心甘情愿、服服帖帖地当傀儡皇帝。曹操三个女儿嫁他，虽然容貌不美，但都对丈夫不错，皇后曹节尤其体贴，所以夫妻、妻妾四人感情相当融洽，这也是不幸之幸。按照一夫多妻之下的妇道，曹节又为他寻访了两个美貌女子，封阴贵人和李贵人，地位与曹操另外两个女儿平列。

曹丕败兴回邺城后，就想起了阴贵人和李贵人，这是他垂涎的女子，就下令通知汉献帝，勒令将二贵人送至邺城。这还不够，另把汉献帝两个及笄未嫁之女，也一并送来。汉献帝只能哑巴吃黄连。一队人马，护送坐安车的四个女子，很快到达邺城南的魏王宫。郭姬当天就率其他姬妾，欢宴新到的四个女子。麻烦的是汉宫设有贵人，而魏王宫还暂时未定宫女等级。曹丕下令，二贵人且暂依"姬"称号，总不能僭越在郭姬之上。

当夜，曹丕就先享受两个刘氏处女。第二夜，又享受了阴、李二姬。第三天，他就命四个女子拜见王太后。

甄夫人感觉自己已是被废弃者，不想参加这次会面。但卞氏却要她和李夫人都来，并且都穿丧服。

初次参拜和会面的礼仪，自不必说。李夫人以她精细的眼光，审量未逾二十的四位女子，当然都是美女，但阴、李二姬更胜，二人容貌可以说是不分上下，但若与甄夫人年轻时相比，也还是稍有逊色。

甄夫人的感情更加微妙。当年她初见曹丕时的第一印象，还是嫌他形貌稍陋，但随后初婚的甜蜜，这种嫌薄感就很快消融。现在夫妻感情破裂，这种最初的嫌薄感，就愈来愈强烈了。看到四个如花似玉的女子，论年岁，其实应是自己的女儿辈了，心里只是充满着怜悯和惋叹："可怜红颜多薄命！不免受形陋貌丑者之糟践矣！"

两个刘氏皇女显得稚嫩，满脸尴尬窘迫之色，简直难以应酬；阴、李二女子却是能说会道，八面玲珑。

她们首先自然与卞氏寒暄。卞氏只生一女，就是前述出嫁夏侯楙的阿凤。曹宪、曹节和曹华都是姬妾所生，她也不甚关心。卞氏看到两个刘氏女子，心想："依长幼伦理，魏王不当娶妹夫汉帝之女。逆子如此蔑弃伦理，尚有何言！"她在这次参拜活动中，始终板着脸，很少说话。但阴姬和李姬还是向她絮叨曹后和两位曹贵人的厚道和好处，卞氏只能随便应付一两句。

阴姬和李姬又转向甄夫人，李姬说："久闻夫人之灵蛇髻，驰名天下，今日亲见，果是名不虚传，令人叹为观止矣！"

阴姬说："今日方知，他女子岂有如此美而长之发？故虽竞相仿效，而不可得其真也！"

甄夫人对此类赞美，却略嫌反感，她淡淡地回应："区区之发髻，何足二位佳人挂齿！"

李夫人也逢场作戏，凑上来闲聊一阵。

曹丕进殿，甄、李二夫人就乘机退出，阿秀也跟随着。正好有此闲空，李夫人就带她们到自己房中，坐席密语。

阿秀说："我观四美人姿色，阴、李二姬稍胜，然皆不如阿嬗也！"

李夫人说："所见略同矣！"

甄夫人嗔道："彼等如牡丹初放，如何以人老珠黄者取乐也？"

李夫人说："我察言观色，已知阿妹颇有为四女子惋惜之意，阿妹悲天悯人之心志，终是天性，不可改也。然人各有志，刘氏二皇女，心有不平，亦只得强颜欢笑而已。红颜薄命，由人摆布，自古皆然。阴、李二姬则颇愿侍奉君王，以求荣华富贵之志，且看日后如何也。"

当然，三人都不知曹丕谯县之行，受揭帖毒骂之难堪和耻辱。

曹丕接下来的动作，当然是紧锣密鼓，制造各种各色自己应做皇帝的舆论。群臣上表，络绎不绝，挖空心思，搜索枯肠，大量谄谀而精巧的文字，铺天盖地而来，简直令曹丕目不暇接。在诸多劝进者中，有一位竟是后来篡魏的权臣司马懿。曹丕开始还有兴味阅读和欣赏，后来就干脆撂在一边，没有再看的兴趣。因为马屁人人会拍，戏法人人会变，各有巧妙不同，说来说去，也无非是"应天顺人"四字，看多了，连牵线的导演者本人也感觉腻烦了。他的回应方式也十分简单，就是一概谢绝。

延捱到十月，汉献帝就告祠汉高祖庙，然后命行御史大夫张音持使节，带着御玺丝绶和诏册到邺城，正式向魏王曹丕禅位。曹丕还要假惺惺三次上书，说什么"敢守微节，归志箕山，不胜大愿。谨拜表陈情，使并奉上玺绶"。相传夏禹曾想让位于益，益为让避夏启，就躲藏到"箕山①之阳"。汉献帝又三诏不允，才完成了禅位手续。所谓禅位，是假借古代唐尧、虞舜和夏禹之间善意的权力让贤、授受和退位，"禅让""禅位"之类，本是古史中永葆美誉的褒词。西汉王莽篡位，开始是使用"摄皇帝"和"假（借）皇帝"的名义。从曹丕开始，才假借禅位的名义。

① 诸说有异，大约在今河南嵩山之南。

后世的权臣都接踵仿效，又把禅位丑剧和闹剧，表演得愈加烦琐和无聊而已。

如果说，还有一个小小的障碍，竟是汉献帝皇后曹节。曹丕几次派使索求皇帝玺绶，曹后发怒，就是不给。僵持一段时间，曹后万般无奈，就召使者进入，当面大骂曹丕一顿，把御玺扔在轩下，涕泣横流，说："天不祚尔！"吓得使者与左右的人，都不敢仰视发声。

曹丕下令，挑选在许城南七十汉里的颍阴县曲蠡乡繁阳亭筑受禅坛，随即将繁阳亭升格为繁昌县（今河南临颍西北繁城区）。定下吉日，曹丕头戴冕旒，垂十二旒，身穿皇帝大礼服，登坛受禅。公卿、列侯、诸将，另有匈奴单于、四夷朝贡者，加上百姓父老，参加者竟达数万人。曹丕行燎祭祭天、地、五岳、四渎大礼，正式宣布改元黄初元年，大赦天下，尊曹操为太祖武皇帝。

十一月，曹丕废汉献帝，贬其为山阳公，移居河内郡山阳县。曹节等仍然陪着丈夫，封山阳公夫人。

如前所述，到十二月，曹丕就从邺城正式迁往都城洛阳。

在迁都前，曹丕来到慈安殿，向卞氏说明定迁都事宜，说："皇太后自当同往洛阳，安养永寿宫，尊称永寿宫太后。"

卞氏当然关心新妇的命运，问道："我知官家不喜甄夫人，不知何以处？"

曹丕说："朕拟命甄氏留居邺城旧宫。"

卞氏又问："阿明、阿妍又如何处？"

曹丕说："朕拟命阿明、阿妍同往洛阳。"

卞氏说："先太祖武皇帝与我宠礼新妇，官家所知也。官家得以继位称帝，新妇有积德大功，亦官家所知也。不宜教母子即刻分离，可留阿明、阿妍与新妇同居若干时日。另有李夫人，官家久已失宠，不如教李夫人亦留此，以慰新妇寂寞也。"

曹丕同意，说："敬遵皇太后之命！"

曹丕出殿后，卞氏立即召甄、李二夫人，向她们说明情况。她说："事已至此，我唯求李夫人相伴新妇，以免寂寞也。"她当然不知两人之间的亲密感情。甄、李二夫人同时向卞氏肃拜谢恩。

卞氏不免落泪，说："我年老孤单，不意两亲子竟不得晨昏省问，唯有一新妇，慰我寂寞，如今又不得不与汝等诀别，岂不伤心？"

李夫人说："皇太后但当安心静养，诸事宽心，既有太后之令，新妇自当遵依，无有二志。"她还是避免表露与甄夫人十分亲热的真情。

甄夫人当着李夫人的面，也避免说曹彰和曹植的事，只是用眼神向卞氏示意，含糊地说："皇太后慈爱之心，新妇尽知，须安养第一。新妇当好自为人，不烦皇太后过虑。"她"慈爱"两字，有意拖长和加重，并且用眼神向卞氏示意。

卞氏当然明白，叹息说："贤新妇！亦是红颜薄命，教我何言乎？"

在离开邺城之前，郭姬已得贵嫔的位号。原来曹丕另定魏国的宫女等级，用"贵嫔"取代了汉朝的"贵人"，而阴、李二氏定为"淑妃"，汉献帝两个女儿另定为"淑媛"，又低一等。但甄、李二人还沿用"夫人"的位号。距离皇后仅差一等的郭贵嫔，就以新的身份，特别专门分别看望甄、李二夫人。她先去拜访甄夫人，彼此都只能戴上假面，虚与委蛇。郭贵嫔表面上还是特别尊礼甄夫人，仍将她当作皇帝正妻，动情地说什么"贱妾此去，不知何日得与夫人相会？分别两地，必增思念之情"，如此之类。

甄夫人也同样亲切礼貌，说："贱妇今乃被废之人，蒙贵嫔厚爱，不胜感激，唯愿他日有相逢之机。"

郭贵嫔说了一通亲切温情的话，然后离去。她又来到李夫人房中，彼此同样是一番亲切温情的叙话。

郭贵嫔说："官家本拟命李夫人同往洛阳，因皇太后之命，故留夫人在此。夫人与我相知多年，情同姐妹。如今离别，甚有难舍之情。"

　　李夫人也同样委曲寒暄一通。到临别之前，郭贵嫔特别强调说："甄夫人甚贤德，唯是命运不济。如有甚委屈之诉，望李夫人告我，当尽心竭力相助。"

　　李夫人马上回复说："我与甄夫人有妻妾之别，相处淡如水。若甄夫人有甚委屈，窃恐亦不与我言。若有所知，自当相告。然分别两地，如何告诉？"

　　郭贵嫔说："我自当命人前来询问。"

　　李夫人不再说话，发出会意的微笑。

　　事后，李夫人、甄氏和阿秀三人会面，就把郭贵嫔的意图揣摩明白。李夫人和阿秀特别强调，甄氏说话需谨慎小心。

　　但仅隔两天，新到了八名宫婢和五名宦官，把甄、李二夫人的身边人，包括阿秀，全部替换了。

　　郭贵嫔用尽心计，反复经营，终于排挤了甄夫人，未来皇后的位置，其实已无人竞争。但她最苦恼之处，是自己不能生育。她在曹丕的幼子中，看上了与她关系较密的徐姬幼子曹礼。曹礼聪慧可爱，曹丕相当喜欢。如果自己能把曹礼扶立为太子，当然比较理想，但须等待多年。

尽管如此，郭贵嫔设计陷害甄夫人的决心已定。所以这回通过曹丕允准，特命阿娟等前来，表面上是伏侍甄、李二夫人，以及曹叡和曹琬兄妹。关于伏侍的具体要求，郭贵嫔也只对阿娟一人面授机宜，由阿娟另找其他宫婢和宦官，私下简单布置。他们表面上是伏侍甄、李二夫人和曹叡、曹琬兄妹，实则是伺机抓到甄夫人的把柄。阿娟果然几次私下找李夫人，盘问甄夫人的情况，李夫人自然巧妙地回答。由于阿秀被隔离他处，李夫人与甄氏尤其回避嫌疑，表面保持那种不咸不淡的关系。两人往往只能趁人不注意，用眼神和脸色交流思想。

阿娟伏侍了一段时间，也没有抓到甄夫人任何把柄，如前所述，后来在竹箧里发现了撕成四片的甄夫人《塘上行》诗稿。阿娟认字不多，也不明其意，但认为这是可以向郭贵嫔报功的唯一凭证，就设法径奔洛阳。

郭贵嫔看到四片诗稿，就粘接在一起，向阿娟面授机宜，然后带着阿娟，向曹丕口奏。

曹丕先看诗稿，倒不感觉怎么样，说："此诗朕早已知矣！"

然后阿娟就按郭贵嫔的面授，伏地后说："婢子有言当禀奏官家，然亦涉指斥乘舆，婢子不敢言。"

曹丕说："恕尔无罪，启奏！"

阿娟跪地口奏："婢子在屋外，听甄夫人厉声哭呼：'我何其命苦，连嫁二薄倖子，无非供其欢娱而已。曾言得此美妇，如天之赐，誓不相负！转瞬之间，便弃若粪土。先帝在世时，貌若恭谨，自言须厚待二皇弟。待子文、子建交得兵权，即时将二皇弟押送就国，欲与皇太后辞行，亦不可得，心狠竟如蛇蝎！'……"

曹丕立即喝住，不得再说。他对此说是深信的，因为他与甄氏曾说过"得此美妇，如天之赐，誓不相负"的话。他没想到，自己在与郭贵嫔枕席之上，也曾透露过此言，如今自己忘了，而郭贵嫔却牢记此句。

曹丕又拿诗稿问来历："此从何而来？"

阿娟继续跪地口奏："甄夫人曰：'我深恨二薄倖子！'此后婢子即于竹篓中捡得此纸，又成四片。"

曹丕恨得咬牙切齿，说："将此贱妇赐死！"

郭贵嫔说："启禀官家，罪妇固罪不容诛，然阿明、阿妍在彼，窃恐……"

曹丕打断她的话，说："先令李夫人携阿明、阿妍到此，然后发旨。"

郭贵嫔说："罪妇虽不容诛，不如教宫婢辈处死，方宜。"

曹丕说："此事可由汝处置也。"

郭贵嫔所盼的正是这句话。她下来布置阿娟带三名壮健的宫婢回邺城，从处死到埋葬的细节，都有细致的安排。时间正好在李夫人带曹叡和曹琬离邺城的第三天，阿娟一行就抵达邺城。

十分孤寂的甄夫人，正在用早膳，突然见到阿娟带三名壮健的宫婢，另加四名原来的宫婢，其中包括阿媄，还有四名宦官，闯入房里。阿娟不像平时见甄夫人首先作揖，她立即对甄夫人说："奉官家圣旨，罪妇甄氏立即赐死！"

甄夫人说："我有何罪？"

阿娟说："指斥乘舆，即弥天大罪！"

甄夫人反而平静了，说："此乃吁天天无闻之哀也！"

她出离悲愤之外，此时反而没有眼泪，只是仰望房顶，哀吟了绝命辞：

> 香荷孤芳兮陷秽泥，
> 天大冤痛兮沉海底！
> 黎庶无辜兮命倒悬，
> 岂我一人兮独受惨罹！

阿娟不再说话，只是向三名壮实的宫婢挥手，三人上前，当即用丝帛勒甄夫人的喉咙。甄夫人挣扎一回，就咽气了。甄夫人咽气后，宦官们抬进一口棺材，把她的尸体放在里面，她身上还是穿着为曹操服孝的斩衰粗麻服。阿娟上前，抓两把小米糠，把她的嘴塞满。又解开她挽发的生麻丝，抓住她生前最引以为豪的长发，散开密遮死者脸部，然后钉上棺材板，由宦官抬出房间。

四名原来的宫婢，目睹此番惨状，都吓得以袖掩面。

七、报应难逃

　　阿娟完成任务，当然就立即回洛阳，向郭贵嫔禀报。但时隔不久，郭贵嫔单独找了阿娟，满面笑容说了些褒嘉的话，指着小几上一杯酒，说："吾今特赐尔一杯美酒！"

　　阿娟说："婢子恭谢贵嫔之恩！"把酒一饮而尽。郭贵嫔挥手，示意她走开。

　　阿娟回去不久，感觉肚子疼痛难忍，才明白是服了毒酒。她满地打滚，大骂郭贵嫔："毒妇郭氏！吾悔从汝之言，陷害甄夫人，害人害己，得此恶报！"一面打滚，一面坦白了陷害甄夫人的内情。恰好在旁有阿媄，她吓得不敢作声，略微听一些话，就急忙躲开了。阿娟很快断气，七窍流血。

　　此后，参加杀害甄夫人的另外三名宫婢和四名宦官，也相继被郭贵嫔私下谋害。

郭贵嫔下此毒手，杀人灭口，还把杀害甄夫人的具体情况，向曹丕和众人隐瞒，她认为如果泄露，可能有后患。

如前所述，阿秀被李夫人设法召到洛阳北宫，两人相抱，偷偷大哭一场，互诉衷肠。

阿秀说："三人相濡以沫，相依为命，一旦离群索居，虽在邺宫而不得见，孤寂难忍。闻得阿嫱遇害，痛不欲生，几次三番，欲悬梁自尽。"

李夫人说："死不得，吾与汝须是忍痛、忍悲而苟活，以抚育阿明、阿妍为重。"

李夫人又嘱咐说："此事唯有你知我知，万不可与阿明、阿妍言，小不忍则乱大谋。但愿上苍护佑，欲为阿妹复仇，唯待阿明他日有登皇位之机。"阿秀同意。

不久，阿秀在宫中结识了阿媖，两人关系逐渐亲密。阿秀待阿媖，就如过去甄氏待她一般，情同姐妹，也时常与阿媖说起甄氏的仁善。阿媖也出于愤慨，就偷偷把甄氏遇难和阿娟惨死的情况，告诉阿秀。

阿秀当然又私下转告李夫人。她悲痛地抽泣，咬牙切齿地低声说："阿嫱！阿嫱！尔悲天悯人，大祸临头，犹以生灵涂炭为念，何其仁也！何其爱也！一生贤德，无辜受死，又何其悲也！何其痛也！何其毒也！何其酷也！"

李夫人也低声咬牙切齿地说："此人心肠如蛇蝎！但愿有朝一日，将其碎尸万段也！"

当然，两人心里都明白，要向曹丕、郭贵嫔报复，只是痴心妄想。两人只能含悲忍痛地活着，精心照料曹叡和曹琬，以待时机。

黄初三年（222）九月，曹丕将要立皇后的信息已传开了。一个只有"六百石"的低官、中郎栈潜却上奏疏强调，"无以妾为夫人之礼""无以妾为妻""若因爱登后，使贱人暴贵，臣恐后世下陵上替，开张非度，乱自上起也"。所谓"六百石"之类，其实成了官员的级别，其实际月禄相当于小米每月三十五斛，另加五铢铜钱三千五百文。聪明的郭贵嫔闻讯，就主动上辞谢表，说自己"诚不足以假充女君之盛位，处中馈之重任"。

最终，曹丕还是下诏，将郭贵嫔立为皇后。魏宫举行了盛大的策立皇后大礼。当天，群臣和宫内、外命妇毕集，郭皇后身穿雍容华贵的皇后服，在两名宫婢的搀扶下，脱靴，进建始殿，向跪坐御床的曹丕行肃拜礼。然后由奉册宝官，代表曹丕授"皇后之玺"的金印。郭皇后跪受印匣，又再次向曹丕跪拜谢恩，再由宦官引到御床边的皇后席坐位置。群臣和宫内、外命妇齐声向皇帝和皇后跪拜称贺，仪式才算完成。

但唯一不足的是永寿宫太后卞氏，推托卧病，没有参加。其实，郭皇后对卞氏处处小心翼翼，也赔尽小心；而卞氏对宠爱的甄氏无辜被赐死，总是耿耿在怀。尽管她没有任何证据，但一直怀疑甄氏是死于郭皇后的陷害。

大礼后，郭皇后立即去看望卞氏，卞氏也只能礼貌性地虚与委蛇一番。

在甄氏被害后两个月，即黄初二年（221）七月，曹丕为了登基之庆，将鄢陵侯曹彰等十个皇弟都晋封公爵，被贬的安乡侯曹植也晋封郹城侯。

黄初三年（222），曹丕又给皇弟们封王，曹彰为任城王，曹植为郹城王，如此等类，其实仍严加软禁。

黄初四年（223）五月，曹丕又突然将十一个皇弟都召来洛阳。

曹彰和徙封雍丘王的曹植，总算能见到亲母。曹彰带领十个皇弟，进入永寿宫慈瑞殿，排列整齐，向卞氏行顿首礼，以沉重的语调说："不孝子以负罪之心，与皇太后不辞而别，暌违四年，不胜思念之情，乞母后恕罪！"

卞氏事先已知儿子们来洛阳，真是望眼欲穿，现在听到亲子和庶子们的致辞，尽管她很善于克制悲伤，还是忍不住涕泗满面："事已至此，儿辈尚有何不孝之罪？皆是我不得力保儿孙之过也！"

曹彰和曹植上前，抱着母亲，大哭一场。大家叙谈了一阵。卞氏这回终于下令，就将两个亲子留宿永寿宫。其他庶子各自回生母的住所。

皇弟们到达洛阳，曹丕并不单独与兄弟们相见，唯有让他们参加了一次朝拜。七天后，曹丕安排一次宴会，但本人不参加，只是在文治殿中，大摆酒宴，宴请十一个皇弟。

时值六月炎夏，殿中设十一个案，各供酒菜，皇弟们分别在案前，席地跪坐，享受美酒佳肴。宦官们则来回运送酒食。

这当然是一个难得的相会机遇，本可互相倾诉被软禁和拘囚四年的衷肠；但彼此交谈，却都不敢发任何牢骚，至多是隐约地说点什么。大家清楚，发点牢骚，伏侍的宦官们都是奉命监视的耳目，必然向曹丕禀报。

不料到了酒酣耳热之际，平时性格豪放的曹彰忍不住了。他带着酒意，对坐在旁边的曹植说："子建，四年前，吾辈握有重兵，汝不听吾言，至有今日号为王，实则拘囚囹圄之罪苦矣！若当时听吾一言，吾等自当日日有兄弟之亲乐。吾恨不能手斩……"

曹植向他传递眼色和摇手，已不管用，就只能急忙离席跪行，用手捂住曹彰的嘴。他对众兄弟说："今日吾辈欢聚，亦是皇恩浩荡。吾等当欢聚畅饮，方是正理也！"

到此地步，十一个皇弟也只能依曹植之议，噤若寒蝉。酒阑席散，曹植扶着曹彰回永寿宫。

两人刚进永寿宫，曹彰感觉肚子剧痛。两人同时敏感到肯定是筵席中投毒了。曹植急忙扶着曹彰，找卞太后。

卞太后急中生智，吩咐宫婢："速去井中汲水！速饮，或可解毒也！"

那名宫婢很快回来禀报："不知如何，井绳与瓦罐俱无矣！"

炎暑时节，大家都穿单绸衣，卞太后急得满头冒汗，她光着脚，一面和曹植扶着曹彰出屋，走泥地来到井边，一面吩咐速找汲水之具。几个宫婢手忙脚乱，四处寻找，好不容易找到一个小陶瓶，扎上一条麻绳，来到井边。只听曹彰大喊一声："痛杀吾也！"立时七窍流血，气绝身亡。卞太后和曹植只能抚尸大恸，泣不成声。

当夜，卞氏只能教曹植在自己卧室睡，支开全部宫婢，母子俩窃窃私语，谈了一夜。

卞氏滔滔不绝，倾诉了自己的全部委屈，也谈及甄氏被害，最后说："我悔不该力主立此衣冠禽兽为太子！先帝崩逝，亦悔不该下令逆竖继王位，遂致今日子文死于非命，岂不哀哉！岂不痛哉！子文之死，吾之罪矣！"说完，又恸哭一场。

曹植又详细叙述了从曹彰统军到洛阳，到今天曹彰服毒的全过程，说："此洛阳一行，伤子文一命，早知今日，又何须赴洛阳就死！窃恐儿子亦难保一命矣！"

卞太后说："吾且留汝于卧房，与吾同吃，且看此逆竖如何下毒手也！"

曹植悲痛地说："欲置儿子于死地，岂慈母可保乎？"

实际上，曹彰之死，正是曹丕和郭皇后商议的结果。因为卞氏几次三番地恳求，要见曹彰和曹植。

曹丕同郭皇后商量，说："诸皇弟已暌离四载，永寿宫太后欲会子文与子建。朕欲召皇弟辈至京都数日，然后归藩，以杜人言。"

郭皇后说："此亦是一说，然子文、子建蓄怨愤已久，恐于官家不利，以除之为宜也。"她说了自己的一些设想。

曹丕说："朕国事繁杂，此事即委皇后便宜处之。"

郭皇后高兴地说："既蒙官家圣旨，臣妾自当酌机行之。"

她亲自布置了这次宴会，把一包毒药交付一个主管宦官，说："奉圣旨，命汝掌管此宴。若诸王有言语不逊者，即选其尤者，于酒中投药。若无言语不逊者，即于鄄城王酒中下药也！然而可伤一人，不得伤二人也！"宦官当然遵命。

三国时，特别在北方，都是酒精含量很低的黏小米酒，诸王也都用陶碗大口饮酒；而宦官们来回使用大陶壶注酒，所以下毒十分方便。只因曹彰发牢骚，他就成了曹植的替死鬼。

曹彰死后，曹丕就以皇帝的身份，为皇弟任城王"暴薨"发哀。曹丕感觉死了一个，已是朝野震惊，打算十多天后，就下旨让诸王各自"归藩"。

郭皇后说："臣妾以为，若乘机赐鄄城王死，不知官家圣意如何？"

她和曹丕又商量起来。

十多天之后，曹丕下旨，再召诸王到文治殿，他要亲自宴请。

圣旨传到永寿宫，卞太后和曹植都有一种大难临头之感。

曹植落泪说："若是必欲赐死，难免一死，儿子不得不赴矣！"

卞太后悲愤地说:"事已至此,汝先行,吾当拼死相救也!"

曹植来到文治殿,脱鞋进殿。诸王或前或后,都进入殿堂。大家都已知曹彰的死耗,却避免交谈,兔死狐悲,既伤感,又紧张,不知今天的命运如何。只是彼此略为寒暄而已,整齐跪坐,静待曹丕的到来,静待命运的判决。

曹丕终于从屏风后走出,他全套皇帝行头,头戴冕旒,垂十二旒,身穿飞龙衮衣,登御床跪坐,相从宦官十二人,在御床两边侍立。

十个皇弟本来就按序列,分两行跪坐,每行五人,他们立即起跪,向皇帝行顿首大礼,口称:"臣等顿首,参拜官家,恭祝圣躬万寿!"

曹丕说:"众皇弟免礼,就座!"

大家谢恩后,就恢复跪坐姿势。

曹丕用略带哽咽的语调说:"朕深念皇弟之亲,行诸王之礼,特召诸王,赴洛阳相聚,以慰思念之情。不意任城王溘然而逝,朕甚哀恸也!"说完,竟掉下几滴眼泪。

他稍停顿一下,又满面笑容,说:"诸王到京数日,朕今日设宴款待,为诸王洗尘。诸皇弟可于明日登程,各自就国矣!"

众人立即又起跪,行顿首大礼,说:"臣等谢官家大恩！"

曹丕又面向曹植，说："雍丘王在国，多有不规、怨谤之行，可知罪否？"

曹植脸色难看，说："臣蒙官家特恩，谨言慎行，监国谒者可知。"

曹丕冷笑一声，说："此正是监国谒者灌均所报，朕念兄弟之情，故隐忍不发。"

曹植说："此乃监国谒者灌均诳奏也！可召之到京，臣愿与之对质。"

曹丕说："不须对质，朕念兄弟情重，甚愿屈法申恩。雍丘王且起立，到朕御床前！"

曹植说："臣遵命！"他站起身来，走近曹丕。

曹丕说："雍丘王为才高八斗之诗才，可于七步之内，吟一新诗。如成，朕自可屈法申恩矣！"

曹植说："臣敢请官家命题。"

曹丕说："朕与雍丘王为兄弟，可以此命题。"

曹植走了六步，便悲愤吟哦：

煮豆持作羹，漉菽以为汁。

萁在釜下燃，豆在釜中泣。

本是同根生，相煎何太急？

曹丕听后，面露尴尬的神色，而在场的其他九位皇弟都忍不住以袖掩面。此时，卞太后也满面泪容，出其不意地走进殿里。原来她在曹丕进殿后不久，也来到文治殿。她先命令宫婢来，嘱咐殿门外宦官，不得大声通报。所以她到来后，殿里不知，她只是站立殿外，听里面对话。

曹丕只能下御床站立，向母后请安。卞氏一面哭，一面抱住曹植说："官家意欲何为？是否欲除皇弟？"

曹丕尴尬而窘迫地辩解说："朕无此意，唯是逢场作戏耳！"

卞氏说："先帝崩逝后，我下令，命官家继位魏王。时子文与子建各统重兵于洛阳，二人密议，以为当遵父母之命，不可与官家争位。故到邺城，即时释去兵柄。二皇弟于官家有大功，不意子文瞬时即成故人，岂不痛心疾首之至矣！"说完，就号啕恸哭。一时之间，十个皇弟都泣不成声了。

曹丕满脸窘色，僵立许久，才说："朕意唯是与诸王欢宴告别，既是太后枉驾亲临，可同席共宴也！"他立即吩咐摆上十二个食案，酒食伺候。

卞氏还是不依不饶，说："只需设十一案，吾当与子建同案共食也。官家所知，子建为先帝与吾最爱，自此之后，子建若有三长两短，吾亦唯一死耳！"

曹丕被逼无奈，只得说："皇太后且安心，朕与雍丘王为兄弟，雍丘王拥朕有功，决无事也！"

十二食案摆好后，曹丕和卞太后居中面南，十个皇弟分两行，并列东西，一行五位，这场盛宴算是在强颜欢笑中开始和结束。

酒阑席散，曹植扶着卞氏回永寿宫，这是母子俩同宿的最后一夜。曹植跪着抱卞氏的腿，感泣不已，说："生吾者，先王与母后；活吾者，慈母也！"

卞氏说："吾年老气衰，可慰我孤寂者，唯有汝兄弟二人与新妇甄氏。如今二人皆死于非命，唯汝可相伴随，而明日又不得不痛别，从今即是孤寡一人矣！岂不哀哉！岂不痛哉！"

但时光过得太快。到了天明，曹植还须与母亲告别，踏上归程。

曹植本拟与庶弟白马王曹彪同行一阵，但不被允准，只能各走各的路。曹植难忍感怆之情，给曹彪赠诗七首，"愤而成篇""亲爱在离居。本图相与偕，中更不克俱。鸱枭鸣衡轭，豺狼当路衢。苍蝇间白黑，谗巧反亲疏……孤兽走索群，衔草不遑食。感物伤我怀，抚心长太息""收泪即长路，援笔从此辞"。此外，他也为曹彰写了诔文，抒发悼念哀恸之情。尽管满腔悲愤，终究不敢涉及曹丕半个字。

转眼就到了黄初七年（226）五月，酒色过度的曹丕突然患重病，卧床不起。在昏沉恍惚之中，做了一个噩梦。只见曹操跪坐在大床上，两边站立的有甄夫人、曹彰、丁仪、丁廙等一大群人。甄夫人颈戴缢死的丝帛，曹彰七窍流血，丁仪和丁廙则是无首尸站立，手捧自己的人头，整个场面阴森恐怖。各人逐一向曹操诉说自己的遇难。曹操大怒："将此口蜜腹剑之逆子，乱杖打死，为众人报仇矣！"曹丕当即被军士按地，乱棒齐下，他在喊痛声中惊寤，遍体大汗淋漓。

当时正值清晨，曹丕全身发冷发抖，心中充满垂死前的恐怖感。他叫来郭皇后，郭皇后只能升床，跪坐枕边，才能听到他低低的声音。曹丕有气无力地把梦境叙述一遍。郭皇后也感觉害怕，她想了一下，说："官家久不立太子，拟待阿平①成人之后。如今势已迫矣！若尚犹豫不决，永寿宫太后必下旨，以雍丘王继位。依妾之愚见，不如急召阿明，立平原王为太子。"

———————

① 阿平是曹礼的小名。

曹丕再不迟疑，当即下旨，立平原王为太子。

当曹叡进宫谢恩，跪拜于曹丕床前时，曹丕已经气息奄奄，他说："力劝朕立汝为太子者，郭皇后也，亦可谢恩！"

曹叡一直对郭皇后有好感，此时更是感激地向她行顿首礼。

没几天，四十岁的曹丕断气。临终前，几天不能说话的曹丕突然回光返照，用微弱的声音喊道："我权欲熏天，以谋皇位，煞费心机，害弟杀妻，虽似志满意得，享尽荣华，而酒色无度，恰如幻梦一场，终不免一死，后悔莫及矣！"

曹叡继位称帝后，一直对郭太后有感激之意，但也几次询问母亲的死因。郭太后都推托说："我与文昭太后，相得甚欢，至今亦不明先帝因何赐死。"曹叡也就相信了她的话。

今天阿秀断断续续的叙述，竟从上午直到傍晚，中间皇帝午膳，阿秀全靠阿媖不断地灌蜜水，维持着最后的生机。阿秀拼尽余力叙述，有些情节，特别是文昭太后遇难一段，则由阿媖插话补充。

阿秀最后拼一口气说："我苦候十五载，死不足惜，窃望官家为文昭皇太后报仇雪恨也！阿媄与我相伴十年，亦窃望官家保全。阿媄年未三十，愿归父母国。"

曹叡说："阿媄有功，汝可安心也！朕明日即遣人送归故里，赐钱三百贯，另赐月俸百石。"所谓"百石"，实际上相当于每月得小米八斛，另加五铢铜钱八百文。这当然是相当优厚的收入。阿媄当即伏地谢恩。

阿秀听完，就瞑目而逝。阿媄伏尸恸哭，曹叡也落下眼泪，吩咐将阿秀厚葬。

翌日，曹叡独坐文昭阁，派人召妹妹东乡公主曹琬。曹琬出嫁十多年，已生两子两女。

她进阁后，曹叡屏退侍从宦官，与她密谈："慈母含痛瞑离十余年，今沉冤可昭雪矣！"就把阿秀和阿媄的陈诉复述一遍。

曹琬边听边哭，她最后咬牙切齿地说："此郭逆妇，官家与我尚将其礼敬，不意心肠歹毒如此！官家不将其碎尸脔割，何以慰慈母在天之冤灵也！"

曹叡毕竟有了十年做皇帝的经验，说："投鼠忌器。郭逆妇虽是歹毒无比，然慈母之怨死，乃先帝之命，朕既须为母复仇，又须讳言先帝之命。朕今日召皇妹到此，须共商万全之策。"

兄妹俩商讨多时。商定之后，曹叡召来一个亲近的宦官，吩咐说："朕今下旨，与永安宫太后暌别久矣，甚是思念。今命尔即日启程，赴许昌，恭迎永安宫太后到洛阳，沿途小心伏侍。太后收拾行囊，须有时日，待启程时，速报朕知。"那名宦官自然禀命而去。

郭太后乘坐大安车，一行人从近午时分抵达洛阳北宫，由一名宦官引领，到文昭阁前停车。

另一名宦官上前禀报："官家今于文昭阁中，专候太后。"

郭太后到此才感觉有点异常，因为按常礼，曹叡自当在阁前迎接。

郭太后下车，由两名宫婢搀扶来到楼梯口。那名宦官又作揖，说："官家下旨，因有密事商议，恭请太后独自登阁。"

郭太后此时已觉察情势不妙，但也只能一人独自走上楼梯，宦官在后跟随，而两名宫婢就只能停留楼下。郭太后一人脱鞋，只穿罗袜进阁，而宦官并不跟进。

郭太后踏入阁门，只见阁内非常安静，只是正北供着文昭太后的画像，曹叡和曹琬分别跪坐东、西两旁，并无随从。见郭太后进来，二人也不起立行礼和招呼，只是怒目而视。

郭太后到此已经完全明白，自己的末日临头了。机敏的她，立即在文昭太后像前下跪，行肃拜礼，一面流泪，一面说："贱妾今日得睹文昭太后写真，遗容宛然，如见故人。文昭太后为先帝赐死，我为之痛惜至今矣！"

曹琬忍不住先开口："郭逆妇，汝设毒计，陷害慈母，今已真情大白，尚不从实招供！"

郭太后辩解说："我与文昭太后，情谊甚密，毒计从何而言？文昭太后不幸冤死，我痛悼不已，故视官家与汝如同己出。先帝不幸病笃，亦由我进言，立官家为太子，心迹自明。"

曹叡冷笑说："朕早知汝之意，欲立皇弟阿平为太子，唯是阿平年幼，待其年长。不料先帝病笃，汝恐太皇太后命皇叔雍丘王继位，故不得不力劝先帝命朕为太子也。"

郭太后边说边哭，指天画地，说："我此心此志，唯天可表也！"

曹琬说："不用刑责，谅尔亦不愿招承！"

曹叡一声呼唤，阁外早就侍立四名宦官，各执木梃，把郭太后按倒在地，一阵乱打。郭太后开始下定决心，死不招承，但后来痛楚难忍，还是避重就轻，招供了一部分情节，承认自己密令阿娟向曹丕诬告。

曹琬冷笑问："阿娟等今何在？"

郭太后只得说："阿娟等今已病故矣。"

曹琬厉声说："阿娟等八人，皆汝杀人灭口，何不招承？"

郭太后知道此事已经完全泄露，再也无法隐瞒，不由长叹一声："我自觉做事缜密，今日后悔已晚，任凭官家处分，唯求速死也！"又把杀阿娟等八人的情节作了交代。

曹叡最后问："汝陷害慈母，备极凶残。慈母既已玉殒香消，汝命阿娟口中塞糠，长发覆面，又为何故？"

郭太后承认："我知太祖武皇帝甚赞其贤德，务极恩礼，欲文昭皇太后于地下不得告诉矣！"

郭太后灵机一动，又说："事已至此，我固生不如死。然而赐死乃先帝之旨，窃恐官家负不孝之名，乞官家、公主饶罪妇一命！"

曹琬又冷笑说："官家早有圣孝与复仇两全之策，不劳逆妇枉费心机也！"

曹叡吩咐宦官继续拷打，郭太后不断地哀叫求饶，但声音很快变得微弱，一直等到奄奄一息之际，方命取过丝帛，将她最终缢死。宦官们早就备好一口薄皮棺材，把尸身放入，也是仿效当年杀害甄夫人的做法，在死者口中塞入小米糠，用死者的头发覆脸，然后钉上棺材板。于深夜秘密放置郭太后生前乘坐的大安车内。

曹叡又吩咐心腹宦官带人连夜护送这辆大安车出城，返回许昌，进入永安宫，将小棺材放进皇太后的大棺椁里，然后飞马驰洛阳报告。

曹叡当即发布郭太后逝世消息，一切葬仪完全依礼法，甚至还把郭太后的棺椁埋葬在曹丕的首阳陵西。对于郭太后的亲属待遇，一切照旧。古人最重视葬仪，先把乱棒毒打和缢杀的郭太后尸身，装进薄皮小棺材，实则薄葬；但往后的一切，就是用厚葬的表面形式，掩天下之耳目。无非是为曹魏家天下，为文皇帝曹丕掩恶遮丑。

曹叡于五年后，即景初三年（239）初病死，临终前，曹爽和司马懿奉命"升御床"，就是跪坐在曹叡身边，受命托孤儿齐王曹芳。曹叡无子，只是领养了一个大家不明来历的幼子。

此后司马懿政变，杀曹爽，从此司马氏牢牢把持了国柄，曹魏其实就名存实亡了。

本书的故事讲完了，却又无法讲完。在漫长的中华古代专制社会里，对人民的残暴，还有统治阶级内部的血腥互斗，肯定是罄竹难书的。文昭皇后甄氏作为一位善良、美丽而富有文采的女性，其遭遇肯定不是无数血腥中最悲惨、最残忍、最恐怖的。

在人类史上，充斥着人性和兽性的斗争。在中华的悠久文明史上，早在两千几百年前，孔子提出"仁""泛爱"，墨子提出"兼爱"的伟大思想，是非常了不起的。尽管有其时代的局限，在人类和中华思想史，却是光芒万丈，弥足珍贵。老祖宗也发明了"人命关天"一词，此种观点正好与草菅人命相悖，但不居主导地位。人命最为可贵，随着人类文明的演进，国际上已制定了一个公认的反人类罪标准。

时至今日，如何告别兽性，回归人性，仍然是人类进步的重大任务。特别是对伟大的、渴望复兴的中华民族而言，尤其重要。我们必须高举人道主义的大纛，将孔墨的重要思想发扬光大。

此文写于2021年暑假，初中二年级，时年十四岁，但交给老师，祖父代为投稿时，已是当年下半年，初三年级了。

浅谈"父母国"

"祖国"一词在现代使用相当广泛，但中国古代的"祖国"基本与现代意义不同。相当晚的《明史》卷三三二《默德讷传》中记载："默德讷，回回祖国也，地近天方。"清代《钦定兰州纪略》中也有"回人散处中国，介在西北边者，尤犷猂""其祖国称默德那"。二者的"祖国"都有"祖先居住的地方"之意，与我们当今所说的"祖国"有差异。"父母国"一词倒是不失为"祖国"在古代的最佳诠释。

一、"父母国"的本义为故乡

早在战国时期，《孟子·滕文公下》中就已出现"父母国"的古词。"丈夫生而愿为之有室，女子生而愿为之有家。父母之心，人皆有之。不待父母之命、媒妁之言，钻穴隙相窥，逾墙相从，则父母国人，皆贱之。"天下父母都希望男子一生下来便有妻室，女子一生下来便有夫家。可是不经父母之命、媒妁之言，相互窥望、私会，就一定会被家乡的人轻贱，为人所不齿。古人把名誉、声望和邻里、同乡对自己的评价看得尤为重要，因此这里的"父母国人"并不是指"父母"和"国人"，而是指"家乡的人"，"父母国"在此也可以理解为"家乡""故乡"。

《孟子·万章下》中有"孔子之去齐，接淅而行。去鲁，曰：'迟迟吾行也，去父母国之道也。'可以速而速，可以久而久，可以处而处，可以仕而仕，孔子也"。《史记》卷六七《仲尼弟子列传》也曾说："田常欲作乱于齐，惮高、国、鲍、晏，故移其兵，欲以伐鲁。孔子闻之，谓门弟子曰：'夫鲁，坟墓所处，父母之国。国危如此，二三子何为莫出？'子路请出，孔子止之。子张、子石请行，孔子弗许。子贡请行，孔子许之。"这里的"父母国""父母之国"都是指孔子的故乡，即春秋时期的鲁国。鲁国虽然是诸侯国，但当时的君王仍然是周天子，孔子也支持周朝的礼仪制度，所以"父母国"此处并没有"祖国""国家"的含义，仍然是"故乡"的代名词。上文中所表达的孔子对鲁国的不舍与热爱，都是对故乡的情感与态度。

《后汉书》卷十一《刘盆子传》，"琅邪人樊崇起兵于莒""崇又引其兵十余万，复还围莒，数月。或说崇曰：'莒，父母之国，奈何攻之？'乃解去"。《后汉书》卷二四《马援传》中，马援信中说："季孟（隗嚣的字）平生自言，所以拥兵众者，欲以保全父母之国，而完坟墓也。"樊崇起兵于莒县，最终还是解除了包围，没有攻下自己的"父母之国"。隗嚣也想要用重兵保全自己的"父母之国"，才甘心进入坟墓。樊崇和隗嚣都是两汉之交时期的人物，他们身处乱世、历经战争，却仍然心系故乡。所以这里的"父母之国"也是故乡的含义。

《后汉书》卷二七《张湛传》中，张湛说："孔子于乡党，恂恂如也。父母之国，所宜尽礼，何谓轻哉？"南宋文天祥《文山先生全集》卷五《回安福赵宰与挼》中也有

"君之帘阴昼寂，千室鸣弦，实邻吾父母国，人诵子产，今其时乎？"孔子在故乡恭谨温顺、恪守礼法。文天祥也称赞友人治理安福县有方，衙门清净、不扰民，发展教育，鼓励人们读书，在文天祥的故乡吉水县（临近安福县）也负盛名，被人们称颂如春秋时期郑国的子产。此处的"父母国""父母之国"有更明显的"故乡"之意。

二、由故乡引申为祖国

除"故乡"外，"父母国"一词还有"祖国"的含义。《辽史》卷七七《耶律屋质传》有"人皇王（东丹王耶律倍）舍父母之国而奔唐"。元朝吴莱《渊颖吴先生文集》卷一二《春秋通旨后题》也有"自宋季德安之溃，有赵先生（复）者，北至燕。燕、赵之间，学徒从者殆百人"。"上（元世祖忽必烈）在潜邸尝召见，曰：'我欲取宋，卿可导之于前乎？'对曰：'宋，吾父母国也。未有引他人，以伐吾父者。'"这里的"父母之国""父母国"分别指耶律倍的祖国辽和赵复的祖国宋。耶律倍舍弃辽而投奔后唐，赵复却坚持站在祖国的立场，拒绝帮助元世祖忽必烈伐宋。这两段话均带有浓厚的家国情怀，因此"父母国"在此引申为"祖国"更加贴切。

《资治通鉴》卷一二五中记载："初，（武都王杨）保宗将叛，公主劝之。或曰：'奈何叛父母之国？'公主曰：'事成，为一国之母，岂比小县公主哉！'魏主赐之死。"公主贪慕皇权与富贵，劝杨宗保背叛祖国北魏，后被赐死。因此"父母之国"在此也是祖国的意思。另外，此处的"叛父母之国"，《魏书》卷一〇一《氐传》作"背父母之邦"。所以"父母邦"，也是同样词义。南宋阳枋《字溪集》卷一二《纪年录》说，阳枋在南宋晚期，已七十二岁，得知蒙古兵将从西南边境攻击宋朝，说："大夫出疆，苟利社稷，专之可也。宜乞师旅策使，且调扬兵，以纾父母邦之急。"阳枋得知蒙古人来犯时调兵救宋，故"父母邦"在此也指代他的祖国。

三、祖国至上

祖国，是祖先世代居住、繁衍生息的一片疆土。我们对祖国有真挚而热烈的情感，不仅是因为我们热爱这片疆土，热爱这片疆土上的锦绣河山，更是因为我们热爱这片疆土上的风土人情，热爱这片疆土上的历史传承，对这个民族的文化有高度的认同和自信，对这个民族的精神有大力的继承与发扬。热爱祖国，无关时代变迁，无关政治因素，是每一个人的人性本能。坚持祖国至上，更是每一个人的道德与行为准则。

在祖国的危难之际，总有人勇赴国难。明朝中期，日本海盗与部分中国海盗勾结，大肆在江浙、福建一带进行抢掠、洗劫。戚继光毅然扛起了抗击倭寇的重任，历经多年终于扫平倭患。清朝末年，鸦片横流，中国军民的身体与精神都受到了毒品的摧残，国家日渐衰微。林则徐毅然在虎门海滩当众销毁鸦片，维护了中华民族的尊严与利益，显示出中华民族反对外来侵略的决心。民国时期，日本侵华，国家的主权与尊严再一次遭到践踏。全国人民奋起抗战，杨靖宇、赵一曼、张自忠等无数英雄英勇殉国，最终赢来了抗日战争的全面胜利。

在祖国困难之时，也总有人挺身而出。新中国成立初期，国家的科研力量非常薄弱，处处受到制约。钱学森、邓稼先等多位科学家毅然放弃在国外安逸富足的生活和先进的条件和稳定的科研环境，突破重重阻挠回到祖国，倾尽全部心血埋头科研，最终成功制造出"两弹一星"。

2020 年年初，新冠肺炎在武汉暴发。钟南山、张伯礼、张定宇、李兰娟等多位知名医务工作者以及大批来自全国各地的支持者，奔赴抗疫前线，将个人的生命与健康全部置之度外，全力救治每一名患者，全力排查每一个疑似病例，逐步将疫情稳定下来。

无论何时何地，我们都要永远热爱祖国，忠于祖国，坚持祖国至上。或许我们中的绝大多数没有足够的能力或恰当的机遇像上文中提到的那些赫赫有名的人物一样，为祖国做出如此显著、突出的贡献，但这绝不意味着我们对祖国毫无特殊意义，也并不意味着我们可以在某些时刻或某些地点做出不利于祖国的事情。坚持祖国至上，不仅要认同、继承与发扬祖国的历史与文化，更要永远把祖国的利益放在第一位，用自己的方式、尽自己的力量为祖国做出或多或少的贡献——因为祖国是我们永远的精神归属，是我们永远的家园。

天净沙·游子

此小诗写于 2018 年下半年，小学六年级，时年十一岁。

天净沙·游子

长夜秋风飒飒，

欢声笑语人家。

一缕月光影下，

黄叶沙沙。

游子浪迹天涯。

信评

曾瑜先生：

　　接信及所附梓雯小朋友的作品，细读再三，简直不敢相信这是一个十四岁的初中同学的文字。

　　《浅谈"父母国"》一文立论和发挥均好，繁徵博引，并不累赘，而文笔成熟老练，又在我所见到的很多历史专业的研究生之上，直是难能可贵。

　　至于《天净沙·游子》一阕，意味、韵味均臻上乘，神气、置景紧紧围绕"游子"的主题，松而不散，尤其难得。平时祖父悉心指点，已见收获，前程可期。

　　反观近日讨论的教育改革，多种措施似未见可行。我孤悬海外，凡事隔膜，自无置喙之理，然深以为虑。

匆匆。切望保持联系。

以义

（吴以义先生，著名汉学家。）

跋

可爱的小孙女在中学阶段，完成这部历史小说的创作，无论如何，是件可喜的事。

虽然有我的指导和帮助，梓雯在学习十分繁忙的阶段，强挤时间，以十分努力而认真的态度，从事此项工作，是极为不易的。

当她的写作和修订大致告辍后，我对此书进行一次审阅和修订，也算尽了一份舐犊之心。

我的目标和想法是，为伟大而多灾多难的祖国尽心，和为培养孙女尽力，是一致的。期盼梓雯长大成人，能如她在《浅谈"父母国"》一文中所言："用自己的方式、尽自己的力量为祖国做出或多或少的贡献——因为祖国是我们永远的精神归属，是我们永远的家园。"做一个愿为祖国效力的有用之才。

最后，必须重复梓雯的《自序》之意，向帮助此书出版的亲友致以真挚的感谢！

王曾瑜

2023 年 10 月